Uwe Goeritz

Das Tor zum Paradies

Bibliografische Information der Deutschen Nationalbibliothek:

Die Deutsche Nationalbibliothek verzeichnet diese Publikation in der Deutschen National-bibliografie; detaillierte bibliografische Daten sind im Internet über http://dnb.dnb.de abrufbar.

© 2018 Uwe Goeritz

Coverfoto: Marion Jana Goeritz

Herstellung und Verlag: BoD – Books on Demand, Norderstedt

ISBN: 978-3-7528-5837-2

Inhaltsverzeichnis

Das Tor zum Paradies

Drei junge Frauen verbringen den Urlaub gemeinsam. Sie sind Freundinnen und obwohl sie nicht auf der Suche nach dem Glück sind, finden sie es dennoch. Eine jede von ihnen anders, einzigartig und genau so, wie sie es sich schon immer, vielleicht ohne es zu wissen, gewünscht hat.

Geben sie ihrer Liebe eine Chance? Oder fahren sie, nach einem Urlaubsflirt, wieder alleine nach Hause?

Sämtliche Figuren, Firmen und Ereignisse dieser Erzählung sind frei erfunden. Jede Ähnlichkeit mit echten Personen, ob lebend oder tot, ist rein zufällig und vom Autor nicht beabsichtigt.

1. Kapitel

Auf dem Weg ins Land

Ilona stand, mit ihrem Koffer in der Hand, vor dem Haupteingang des Bahnhofes. Bei jeder Kopfbewegung wippte der blond gefärbte Pferdeschwanz, den sie sich mit einem Gummiband am Hinterkopf zusammen gezogen hatte, hin und her. Sie wartete auf ihre beiden Freundinnen, mit denen sie zwei Wochen in den Urlaub aufs Land wollte. Sie war Mitte zwanzig und sie wusste nicht, wer von ihnen dreien auf diese absurde Idee gekommen war. „Urlaub auf dem Bauernhof" und nicht an der See. Das klang wie Kindergeburtstag! Bei einem ihrer Treffen waren sie im Scherz darauf gekommen, dann lachend auseinander gegangen und schon ein paar Tage später hatten sie den Urlaub gemeinsam gebucht.

Der Zeiger der großen Uhr hinter ihr, über dem Eingang zur Halle, rückte unerbittlich vorwärts. Nur noch dreißig Minuten und sie hatten noch nicht mal die Fahrkarten geholt. Sollte sie diese alleine holen? Was, wenn die anderen nun aber doch keine Lust auf Kühe streicheln hatten? Dann würde sie sicher auf den Fahrtkosten sitzen bleiben. Sie schob die Sonnenbrille nach oben und schaute auf die andere Straßenseite, wo die Haltestelle der Straßenbahn war.

Es wurde immer wärmer und der Beton unter ihren Füßen reflektierte die Hitze zu ihr herauf. Zum Glück hatte sie die abgeschnittenen Jeans und das kurze Top gewählt und nicht die Sachen, die sie eigentlich auf der Fahrt anziehen wollte. Für Mitte Mai war es schon sehr warm und es versprach, wenn man dem Wetterbericht glauben durfte, ein heißer Urlaub zu werden. Und hoffentlich nicht nur Wettermäßig! Endlich sah sie die beiden Freundinnen aus der Linie 4 aussteigen und zu ihr herüber winken.

Ilona zeigte stumm mit erhobenen Arm auf die Uhr hinter sich und erst in diesem Moment schienen die beiden anderen Frauen zu begreifen, dass ihr Urlaub schon vor Beginn Gefahr lief, ins Wasser zu fallen. Sie liefen los. Margits rotblonde Mähne wehte hinter ihr her, so wie der Umhang von Superwoman. Ohne Begrüßung liefen sie, nun zu dritt, zum Schalter, vor dem zum Glück keine Schlange war, und Ilona bestellte die Tickets. Dann drückte sie Margit und Frederike je eines davon in die Hand. „Gleis 19" sagte sie und schon wurde wieder gerannt.

Der Zug stand schon da und die drei Frauen rannten nun mit dem Zeiger um die Wette. Wer würde siegen? Er oder sie? Kurz bevor die Türen sich zu schließen begannen, sprang Frederike in die Tür und hielt sie für die anderen beiden auf. Völlig außer Atem fielen sie auf die Sitze in dem Abteil. Der Zug hatte schon den Bahnhof verlassen, bevor Ilona als erste wieder zu Luft gekommen war und etwas sagen konnte. „Das wäre beinahe schief gegangen." stellte sie fest und die anderen beiden nickten zustimmend. „Hast du was zu trinken mit?" fragte Margit und zog einen Kamm aus der Tasche.

Frederike, oder Fredy, wie sie sie alle nannten, griff in den Rucksack und zog eine Flasche Mineralwasser heraus. „Ist die…" weiter kam Ilona mit ihrer Frage nicht, als Margit schon die Flasche aufdrehte und das Wasser in alle Richtungen wegspritzte. „... mit Kohlensäure." beendete Ilona den angefangenen Satz und wischte sich mit dem Handrücken das Wasser aus dem Gesicht. „Zumindest sind wir nun alle abgekühlt." stellte Margit lachend fest und nahm einen großen Schluck, dann gab sie die halbleere Flasche zurück und kämmte ihre Mähne in Form, die durch den schnellen Lauf etwas gelitten hatte. Fredy wischte sich nur kurz durch den schwarzen Pony, den sie sich mit ihrer neuen Kurzhaarfrisur zugelegt hatte. Damit hatte sie nicht so viel Mühe wie die langhaarige Margit.

Alle drei arbeiteten in derselben Firma. Während Margit in der Verwaltung der kleinen Spedition war, waren die anderen beiden in der Verpackung und Verladung beschäftigt. Davon hatte Ilona Muskeln bekommen, um die sie so mancher Mann, nicht nur auf der Arbeit, beneidete. Allerdings hatte das auch den Nachteil, dass dadurch die meisten Herren Angst vor ihr bekamen, wenn sie in ihren geliebten ärmellosen Top zum ersten Date kam. Meist war es da schon vorbei mit der Liebe. Spätestens aber beim Händedruck zur Begrüßung. Die beiden anderen waren deutlich zierlicher und auch kleiner als Ilona. Margit aber runder und auch ein bisschen drall um die Leibesmitte. Der sitzende Job hinterließ eben seine Spuren auf ihren Hüften.

Fredy kramte in ihrer Handtasche, fand aber nicht das, was sie suchte. Entnervt gab sie auf und hängte die Tasche weg. Schließlich fragte sie „Wie lange müssen wir eigentlich fahren?" „Jetzt erst mal drei Stunden, dann steigen wir um und dann noch mal etwa zwei Stunden." entgegnete Ilona und lehnte sich im Sitz zurück. Sie zog ein Buch aus der Handtasche und klappte es auf. Vertieft in diese Lektüre verbrachte sie die nächsten anderthalb Stunden, bevor sie es geräuschvoll wieder schloss.

Die andern Beiden dösten und zuckten bei dem Geräusch zusammen. „Musste das jetzt sein?" fragte Margit und gähnte ohne sich die Hand vor den Mund zu halten. „Soll ich uns mal einen Kaffee holen?" fragte Fredy und Ilona antwortete „Hole drei!" und lächelte die Freundin an, die aufstand und den Wagen in Richtung Bordbistro verließ. Nach fast einer halben Stunde kam sie mit drei lauwarmen Kaffee zurück. „Du hast wohl jemanden getroffen und die Zeit vergessen?" fragte Ilona, die ihre Freundin viel zu gut kannte. Stumm nickte Fredy und reichte die Becher herum.

Margit öffnete noch einmal ihre Handtasche und holte den Kamm wieder heraus. Dabei fiel ihr eine große Packung Kondome heraus, die sie schnell wieder verstaute. Ilona hatte es aber dennoch gesehen und sagte „Was hast du denn für eine Vorstellung vom Urlaub auf dem Bauernhof?" dabei lächelte sie die Freundin an. Dieser war das so peinlich, erwischt worden zu sein, dass ihr Gesicht und die Ohren die Farbe ihrer Haare annahmen.

Trotzig steckte sie Ilona die Zunge entgegen. Neben dem Zug wurden die Häuser nun immer höher. Sie näherten sich der Stadt, in der sie umsteigen mussten. Der Zug wurde langsamer und fuhr im Bahnhof ein. Zu dritt eilten sie von dem Zug zum nächsten, der aber nach der Anzeigetafel über dem Bahnsteig eine halbe Stunde Verspätung hatte.

Zusammen mit vielen anderen Menschen standen sie an dem Bahngleis in der Hitze des Tages. So würden sie sicher erst am frühen Abend an ihrem Ziel sein können. Zum Glück gab es einen Getränkeautomaten, der begierig ihr Münzgeld fraß und in kalte Getränke wechselte. Immer mehr verspätete sich der Zug und immer unruhiger wurde Ilona. Sie suchte die Nummer des Bauernhofes heraus und informierte ihr Urlaubsziel von der verzögerten Ankunft. Als sie das Telefon abschaltete, und in die Tasche steckte, kam auch endlich der Zug in den Bahnhof gefahren. „Ich dachte schon, der kommt gar nicht mehr." stöhnte Fredy und sprach damit aus, was auch die beiden anderen Frauen befürchtet hatten.

2. Kapitel

Ein Dorfidyll

Erst spät am Abend waren sie in dem Dorf eingetroffen und dann erst in der Dunkelheit auf dem Bauernhof angekommen. So eine lange Tour hatte Margit noch nicht gemacht. Selbst als sie vor ein paar Jahren in die Türkei geflogen war, war sie schon nach der halben Zeit dort gewesen. Sie hatte sich ihren Schlafanzug angezogen, war einfach in eines der drei Betten in dem Zimmer gefallen, das ihnen die Bäuerin gegeben hatte und fast sofort eingeschlafen. Als die Sonne aufging, war sie aufgewacht und sah sich in dem Raum um.

Es sah aus, wie das Zimmer in ihrer Jugendherberge damals, am Ende ihrer Schulzeit, zur Abschlussfahrt. Drei einzelne Betten, davon ihres so, das ihr die Sonne jeden Morgen ins Gesicht scheinen würde, drei Schränke ein kleines Bad, das sie durch die angelehnte Tür sehen konnte. Ihr Gepäck lag in einem großen Haufen in der Mitte des Zimmers. Zum Auspacken war es einfach zu spät gewesen. Die beiden Freundinnen schnarchten noch und so schlich sie sich mit einer Schachtel Zigaretten aus ihrer Handtasche davon.

Leise ging sie die Treppe hinunter und betrat den Platz vor dem Bauernhaus. Sie sah sich um. Links war ein Stall und daran schloss sich ein kleines Gehege an. Rechts war ein weiteres Bauernhaus, so wie das, aus dem sie gerade gekommen war. Noch niemand war zu sehen, nur ein paar Kühe waren zu hören. Margit schüttelte ihre Haare auf und ging nach links. Sie setzte sich auf einen umgestülpten Eimer, der vor dem Stall stand, und brannte sich eine Zigarette an.

Nach dem zweiten Zug hörte sie eine laute Stimme hinter sich „He, du kannst doch hier nicht rauchen!" die Frau zuckte zusammen und drehte sich um. Ein junger Mann, etwas älter als sie, stand mit einer vollen Schubkarre, die er mit stinkenden Mist beladen hatte, hinter ihr. „Entschuldigung." stammelte sie. „Da vorn ist die Raucherinsel." sagte er und zeigte auf einen frei stehenden Baum mit einer Bank davor, am anderen Ende des Hofes „Hier ist zu viel Stroh, wenn das erst mal Feuer fängt ..." er ließ das Ende des Satzes offen, aber sie hatte auch so verstanden. Margit nickte und ging zur Bank hinüber.

Von dort aus sah sie, dass doch schon eine gewisse Geschäftigkeit auf dem Hof war. Sie konnte in den Stall sehen, da die Tore weit offen standen. Zwei junge Männer, eine jüngere und eine ältere Frau waren im Stall beschäftigt. In der älteren Frau erkannte sie die Bäuerin, die ihnen am Vorabend das Zimmer gegeben hatte. Der Mann von vorhin fuhr ein paar weitere Ladungen Mist mit der Schubkarre aus dem Stall zu einem Haufen in der Ecke und kam dann später zur Bank herüber. „Hast du auch eine für mich?" fragte er und Margit hielt ihm wortlos die Schachtel hin.

„Entschuldige. Das mit der Raucherinsel habe ich nicht gewusst." begann Margit zu erklären, aber der Mann winkte ab. Er setzte sich neben sie, zündete sich die Zigarette an und man sah, dass es seine Erste an diesem Tag war, so gierig zog er den Rauch ein. Aus dem Augenwinkel heraus musterte sie ihn. Blaue verwaschene Jeans in gelben Gummistiefeln, ein kurzes buntes T-Shirt mit dem Namen einer englischen Punkband, von der Margit zwar schon mal den Namen gehört hatte, aber noch kein Lied. Der Mann hatte kurz geschorene braune Haare und die Muskeln, die er von seiner schweren Arbeit hatte, zeichneten sich deutlich unter dem Shirt ab.

„Du riechst ja wie ein Tier." stellte Margit fest und hielt sich zum Scherz kurz die Nase zu.

„Na ja, wenn man immer im Stall arbeitet, so bleibt das nicht aus. Aber ich kann ja mal das Tier für dich heraus lassen." sagte er mit einem Augenzwinkern und zog sein Shirt so weit hoch, das sie seinen durchtrainierten Bauch sehen konnte. Sie konnte es sich nicht verkneifen mit der Hand über seine harten Bauchmuskeln zu fahren, bevor er das Hemd wieder herunter fallen ließ.

„Gehört deiner Familie der Hof?" fragte sie „Nein, ich arbeite nur zusammen mit meinem Bruder hier. Der Hof gehört der Bäuerin, Regina." dabei zeigte er auf die ältere Frau im Stall. „Habt ihr bloß zwei Kühe?" fragte sie weiter, weil sie im Stall nur zwei der Tiere gesehen hatte, doch er schüttelte den Kopf „Es sind zwanzig, die anderen sind schon auf der Weide. Die zwei, da im Stall, lassen wir für die Kinder hier. Zum Streicheln, Reiten und melken. Es sind die beiden friedlichsten von allen." erklärte er. „Ist dir das hier nicht zu kalt?" fragte er und erst jetzt bemerkte Margit, dass sie ja noch ihren kurzen Schlafanzug an hatte. Sie wurde rot bis über beide Ohren und schüttelte den Kopf.

„Hans!" rief die Bäuerin vom Stall herüber und er winkte ihr nur zu. Margit versuchte ihr kurzes Höschen wenigsten soweit nach unten zu ziehen, dass er nicht zu viel sah, wenn das nicht schon geschehen war. Gleichzeitig versuchte sie das Hemd oben zuzuhalten, so dass sie ihm nicht zu viele Einblicke auf ihre Oberweite gewährte. Sie spielte mit der anderen Hand verlegen mit ihren langen Haaren, versuchte sie nach vorn zu werfen und konnte ihre Augen nicht von Hans lassen. Etwas zog sie zu diesem Mann und es kribbelte in ihrem Bauch. Schon beim ersten Treffen so ein Gefühl zu haben, war etwas Neues für sie. Normalerweise dauerte es immer erst ein paar Treffen, bis die Schmetterlinge kamen.

Sie rutschte unauffällig ein Stück näher heran, bis sich ihre Körper, wie zufällig, berührten. Immer wieder rutschte die Hose hoch, so dass sie die Beine einfach übereinander schlug. Der Mann legte, ebenfalls wie zufällig, seine Hand auf ihr Knie und sie spürte die Schwere und Wärme der Hand. „Hans! Komm endlich!" rief die Bäuerin nun deutlich eindringlicher und er stand auf „Ich muss weiter machen. Bist du morgen Abend mit beim Tanz im Dorf?" fragte er und sie nickte. Hans drehte sich um und lief zum Stall. Wenig später fuhr er mit einem Traktor an ihr vorbei und winkte ihr zu. Sie schaute ihm noch eine Weile nach, dann ging sie langsam wieder über den Hof zurück in das Haus.

3. Kapitel

Der Filmabend

Fredy war fast aus dem Bett gefallen, als Margit geräuschvoll das Fenster direkt neben ihrem Bett geöffnet hatte. Sie setzte sich im Bett auf und schaute zum Wecker. „Das ist doch noch so früh!" stellte sie verschlafen fest und gähnte, während sie sich die eine Hand vor den Mund hielt und die andere nach oben streckte. Ilona schlurfte gerade an ihr vorbei ins Bad. Margit beugte sich aus dem Fenster und war schon hellwach. „Das ist so ein schöner Tag." rief sie Fredy zu und die war schon dabei mit einem Kissen nach Margit zu werfen. Diese konnte das Kissen aber gerade noch fangen, bevor es aus dem Fenster auf den Hof geflogen wäre.

Schnell warf sie es zurück und traf Fredy am Kopf. Die ließ sich wieder ins Bett zurück fallen. „Weck mich später. Ich brauche meinen Schönheitsschlaf." murmelte sie nur, war aber schon viel zu munter, um nun einfach so weiter zu schlafen. Sie stand auf und ging zum Fenster. Das Blau des Himmels war nur durch ein paar kleine weiße Wölkchen durchbrochen. Es roch nach Landluft und ein bisschen nach Kuh, weil der

Stall nur etwa zwanzig Meter von dem Fenster entfernt war. Unten im Hof liefen schon ein paar Kinder verschiedenen Alters zu einem Gehege, wo ein kleiner Streichelzoo war. „Das Bad ist jetzt frei." sagte Ilona und kam in das Zimmer zurück. „Ich zuerst." rief Margit und ging ins Bad. „Das geht nicht mehr, ich war ja schon!" gab Ilona lachend zu bedenken.

Fredy griff sich ihre Tasche und legte sie auf ihr Bett. Sie öffnete ihren Schrank und räumte ihre Sachen sorgfältig hinein. Ilona stand neben ihr und trocknete sich ihre Haare mit dem Föhn, als sie ein paar rote Schuhe aus dem Koffer der Freundin nahm. Sie hielt sie hoch und betrachtete die sicher zehn Zentimeter hohen Absätze. „Denkst du, dass du die hier tragen kannst?" fragte Ilona. Fredy nahm ihr die Schuhe wieder ab und stellte sie in den Schrank „Das hoffe ich doch." entgegnete sie.

„Das Bad ist wieder frei." rief Margit von der Tür aus, Fredy nahm ihr Handtuch und ging ins Bad. Sie stellte sich unter das warme Wasser und genoss es, sich von den Strahlen aus dem Duschkopf streicheln zu lassen. Sie dachte wieder an ihre Schuhe und daran, was sie wohl in den nächsten zwei Wochen hier machen wollte. Vielleicht gab es hier im Dorf, oder auf dem Hof, ein paar Singles!

Sie hatte länger als gedacht unter der Dusche gestanden, weil sie beim Träumen die Zeit vergessen hatte. Dann drehte sie das Wasser ab und griff sich das mitgebrachte Handtuch. Fredy trocknete sich ab und ging zurück in das Zimmer. „Wann gibt es eigentlich Frühstück?" fragte sie und sah, dass die beiden anderen gerade losgehen wollten. Margit hatte schon die Klinke in der Hand und antwortete frech „Jetzt." Dabei lächelte sie die Freundin an. „Ihr wolltet doch nicht etwa ohne mich?" fragte sie und hob drohend den Zeigefinger, dann lachte sie.

Schnell zog sie sich an und schloss sich ihren Freundinnen an. Zu dritt gingen sie nach unten und setzten sich in den Frühstücksraum. Die Landluft machte schon jetzt so hungrig, dass Fredy die doppelte Portion dessen verspeiste, was sie sonst zu Hause gegessen hätte. Zwischen den Tischen rannten zwei etwa fünfjährige Mädchen umher, die anscheinend Zwillinge waren und von denen im Moment niemand wusste, zu welcher Familie sie gehörten, aber sie konnten ja hier nicht weg.

Nach dem Essen fragte Margit „Was machen wir den heute?" Ilona antwortete „Heute Abend ist auf dem Hof Filmnacht. Das habe ich vorhin am Aushang gelesen. Ab 22:00 Uhr wird im Hof ein Film an die Hauswand projiziert und bis dahin könnten wir ja etwas wandern. Was meint ihr?" sie hielt eine Wanderkarte hoch, die sie gerade ebenfalls im Flur gefunden hatte und die beiden anderen Frauen nickten zustimmend.

Mit legeren Sachen, Ilona hatte sich eine kurze Hose und ihr geliebtes weißes Top angezogen, die anderen beiden Frauen waren ähnlich gekleidet, und bequemen Schuhen, etwas zu essen und zu trinken im Rucksack, brachen die drei schon wenig später auf und stiegen den kleinen Berg hinter dem Bauernhof hinauf. Oben war eine Baude, in der sie zum Mittag essen wollten. Der Weg schlängelte sich von einer Seite des Berges zur anderen und die Aussicht war so herrlich, dass sie oft stehen geblieben waren, um hinunter in das kleine Dorf zu schauen.

Der Aufstieg hatte jedoch so lange gedauert, dass sie nicht zum Mittag, sondern erst zum Kaffeetrinken völlig erschöpft oben ankamen. Nach der letzten Biegung hatten sie es endlich geschafft, die Baude lag direkt vor ihnen. Ein kleines Haus mit einem roten Dach umrahmt von sehr alten Bäumen. Sie setzten sich auf die Terrasse und bewunderten den schönen Ausblick über Berge und Täler, bis Fredy daran erinnerte, dass man ja auch wieder hinunter musste. Schnell verspeisten sie den von der Bedienung gebrachten Kuchen und tranken ihren Kaffee aus, dann brachen sie eiligst wieder auf.

Doch der Weg hinunter war schwieriger, als sie sich das gedacht hatten. Der Aufstieg war schon schwer gewesen. Es dauerte gar nicht lange, bis zuerst Margit und dann Fredy nicht mehr weiter konnten. Von einer Bank zur nächsten schleppten sie sich, bis Ilona die Führung übernahm. „Ich will nicht am Berg übernachten!" rief sie, dann zog und trug sie die beiden erschöpften Freundinnen abwechselnd den Weg hinunter.

Dadurch war sie nach dem Abendessen so geschafft von der Anstrengung, dass sie ins Bett ging, während die beiden anderen, die sich nun erholt hatten, sich unten in den Hof auf die schon bereit gestellten Bänke setzten und warteten, bis der Film endlich begann. Nach und nach trafen alle Erwachsenen, die nicht auf die Kinder aufpassen mussten, ebenfalls im Hof ein. Auch Hans setzte sich, wie unbeabsichtigt, auf einen Platz direkt hinter Margit. Diesmal duftete er nach einem teuren Parfüm. Noch bevor der Film begann, wechselte Margit eine Bankreihe nach hinten und setzte sich neben Hans. Sie lehnte sich an ihn und er nahm sie in den Arm.

Der Liebesfilm verfehlte seine Wirkung bei der Frau nicht und die starken Arme von Hans taten ein Übriges. Sie schmiegte sich an ihn und ließ dieses warme Gefühl durch ihren Körper gleiten. Sein Duft brachte sie ins Schwärmen. Diesmal roch er nach Mann und nicht nach Tier, wie noch am Morgen. Ihre Hände fanden sich und schließlich fanden sich auch ihre Lippen zu einem langen und leidenschaftlichen Kuss. Der Film wurde Nebensache für die Beiden und noch während der Spielfilm lief, verschwanden sie in der Dunkelheit des Abends.

Sie gingen nur ein kleines Stück, bis sie hinter den Hof auf eine Wiese kamen und Hans zeigte ihr, wo die Sterne am schönsten waren. Zum Glück hatte sie sich auch die Packung Kondome in die Hosentasche gesteckt.

4. Kapitel

Tanz durch die Nacht

Die Morgendämmerung setzte gerade ein, als Margit, die Sandalen in der Hand, Barfuß den Feldweg entlang lief. Sie zog sich die letzten Strohhalme aus den Haaren und tanzte fast über den Weg. Die ganze Nacht war sie mit Hans im Stroh gewesen und noch immer fühlte sie seine starken Hände auf ihrem Körper. Sie setzte sich auf die Bank an der Raucherinsel und schaute in den Wipfel des Baumes über ihr.

Eigentlich war sie Müde, doch sie war gleichzeitig auch viel zu aufgeregt, um schon schlafen zu gehen. Sie lehnte sich auf der Bank zurück und schaute auf den Stall, wo Hans gerade anfing die Kühe auf die Weide zu treiben. Er warf ihr einen Kuss zu, als er an ihr vorbei lief und Margit dachte daran, wie sich in der Nacht ihre Lippen getroffen hatten. Das war der längste Kuss, den sie je erhalten hatte. Noch immer kribbelte es in ihr, wenn sie nur daran dachte. Eigentlich war das so gar nicht ihre Art gewesen. Sex am ersten Abend, aber es war einfach nur der beste Sex seit langem gewesen.

Sie sah Hans hinterher und schlenderte dann über den Hof. Leise stieg sie die Treppe hinauf und genauso leise schlich sie sich in das Zimmer, das zum Glück nicht abgeschlossen war. Noch immer trug sie seinen Duft auf der Haut und wollte ihn eigentlich für den Rest des Tages auf sich belassen, aber nach einer kurzen Überlegung ging sie dann doch unter die Dusche.

Das warme Wasser brachte ihr wieder das Gefühl zurück, wie seine warmen Hände in der Nacht über ihren Körper geglitten waren. So wie nun das Wasser sie überströmte, so hatte sie das Glücksgefühl einfach überströmt. Sie stand eine ganze Weile einfach nur so da, bevor sie sich mit dem nach Papaya duftenden Shampoo das Haar wusch.

Das Geräusch der Dusche hatte Fredy geweckt und nun saß sie im Bett und schaute auf den Wecker. Es war noch viel zu früh, aber nun konnte sie nicht mehr einschlafen. An Margits Bett sah sie, das die Freundin nicht darin geschlafen hatte. Sie stand auf und ging ins Bad. „Guten Morgen du Rumtreiberin." sagte sie zu Margit, die gerade mit einem lächelnden Gesichtsausdruck aus der Dusche kam. Sie nickte nur und begann sich die Haare zu föhnen, während Fredy unter die Dusche ging. Als diese begann irgendeinen Schlager zu singen stimmte Margit ein. Zu zweit sagen sie so falsch und laut, dass Ilona davon aufwachte und auch ins Bad kam.

Für die drei war aber nicht so viel Platz in dem kleinen Raum, so dass Margit mit dem Föhn ins Zimmer ging. Ilona und Fredy tauschten ihre Plätze und wenig später ging Fredy angezogen nach unten in den Hof. Sie lief über den freien Platz zu der Raucherinsel hinüber, wo auf der Bank schon eine junge Frau saß. Sie hatte eine blaue, verwaschene Jeans an, die an den Knien zerrissen und ihr sicher zwei Nummern zu groß war. Sie hatte sie vorn mit einem Strick zusammen gebunden. Ein gelbes Baumwollhemd mit blauen Quadraten war ihr genauso zu groß. Das hatte sie vorn am Bauch mit einem Knoten zusammen gezogen.

Ein Strohhut mit zerrissener Krempe verdeckte ihr Haar komplett und die Sachen sahen so aus, als ob sie diese von einer Vogelscheuche geborgt hatte. Sie hatte weiße Gummistiefel an, die ihr als einziges zu passen schienen. Lässig saß sie, ein Bein über das andere geschlagen, auf der Bank und schaute in den Himmel. „Guten Morgen." sagte Fredy und die Frau nickte „Ja, ein guter

Morgen." bestätigte sie. Fredy sah, das sie einen dicken schwarz grauen Strich auf der Wange hatte, der auch noch nicht so gut roch. Sie zeigte darauf und die Frau antwortete lachend „Wenn man beim Melken nicht aufpasst, wo der Kuhschwanz ist." Dann wischte sie ihn mit der Hand weg. Nun lachten beide Frauen. „Ich bin Fredy, eigentlich Frederike." sagte sie „Angenehm Karo, eigentlich Karoline." antworte die Frau.

„Hast du Feuer?" fragte Fredy „Natürlich habe ich Feuer." antwortete die Andere mit einem Lächeln und ließ ihre Augen funkeln „Aber du hast bestimmt das hier gemeint." Dabei zog sie eine Schachtel Streichhölzer unter dem Aschenbecher hervor und gab sie Fredy. Als sich ihre Hände berührten jagte das einen Schauer durch Fredys Körper. Sie schaute in die Augen der Anderen und versank in einem solchen Blau, wie es nur der Himmel an einem sonnigen Tag sein konnte. Der anderen Frau schien es nicht viel anders zu gehen. Fredy brauchte drei Versuche, bevor sie mit ihren zitternden Fingern die Zigarette angemacht hatte. Drei zerbrochene Streichhölzer fanden ihren Weg in den Eimer.

Nun saßen die beiden Frauen nebeneinander. Ein paar andere Frauen kamen, sich laut über ihre

Kinder unterhaltend, zu der Raucherinsel und Karo stand auf „Ich muss dann mal wieder." sagte sie zum Abschied und Fredy schaute ihr nach, wie sie in der Scheune verschwand und kurz darauf mit Heu oder Stroh zurück kam, um den Boden des Streichelzoos damit zu bestreuen.

Fredy stand auf und ging zum Frühstück hinein. Am Tisch fragte sie Ilona, was sie wohl an dem Tag machen wollten. „Ich schleppe euch nicht wieder vom Berg. Wir mieten uns drei Fahrräder und fahren in die nächste Stadt. Da gibt es ein Schloss, einen Park und eine Eisdiele." legte Ilona fest und die anderen beiden stimmten dem Plan der Freundin lachend zu. Nach dem Frühstück brachen sie auf und obwohl Ilona sich eine Karte hatte geben lassen, wurden aus den zehn Kilometern bestimmt dreißig, bevor sie endlich da waren. Das Eis war eine Wohltat nach der Strecke und erst am späten Nachmittag waren sie wieder zurück. Pünktlich bevor der Abend beginnen sollte.

Die drei Frauen machten sich schick für den Tanzabend, der ja an diesem Tag im Dorf sein würde. Doch als sich Margit auf ihr Bett setzte, um ein paar Augenblicke auszuruhen, schlief sie sofort fest ein. Der anstrengende Tag und die durchgemachte letzte Nacht forderten ihren Tribut. Weder Ilona noch Fredy konnte sie wieder wach machen und so gingen sie alleine. Fredy zeigte auf ihre roten Schuhe und sagte „Siehst du, ich kann sie doch tragen!", aber auf dem Feldweg sah ihr Laufstil schon etwas seltsam aus. Ilona hatte bequeme Turnschuhe an, darin lief sie viel sicherer die Dorfstraße entlang.

Sie waren schon eine Weile in dem Tanzlokal, als sich die Tür öffnete und eine junge Frau in einem weißen, kurzen Sommerkleid den Saal betrat. Für einen Moment war Ruhe und alle schauten zu ihr, wie sie durch den Saal ging, nein, sie ging nicht, sie schwebte dahin. Das lange hellblonde Haar fiel ihr weit in den Rücken und war zu kleinen Korkenzieherlöckchen gedreht. Dann setzte sie sich an die Bar und alle Männer schauten ihr weiter hinterher. Sie hatte auf dem freien Platz neben Fredy Platz genommen und als diese zu ihr herüber sah, blickte sie wieder in das Blau des Himmels. Jetzt erst erkannte Fredy die Frau vom Morgen. „Hallo Karo." sagte sie und wurde fast rot dabei. „Barmann, zwei Mal Sex on the Beach." sagte Karo und sprach damit aus, was wohl jeder Mann von ihr gewollt hätte. Aber sie bestellte damit nur zwei Cocktails, mit denen sie mit Fredy anstieß, als sie vor ihnen standen. Sie saß so elegant auf dem Barhocker wie ein Hollywoodstar, der sich auf dieses Dorffest verirrt hatte.

Nach dem Cocktail tanzten sie noch ein paar Runden und immer wenn sich, wie zufällig, ihre Hände trafen zuckte Fredy wie vom Blitz getroffen zusammen. Immer wieder trafen sich die Blicke ihrer Augen und versanken ineinander.

Schließlich nahm Karo Fredys Hand und beide Frauen verließen lachend den Tanzsaal. Vor dem Saal zog sich Fredy die roten Schuhe aus und lief mit ihnen in der einen und der neu gewonnenen Freundin in der anderen Hand Barfuß den Weg entlang.

5. Kapitel

Mondlicht auf der Haut

Der Mond spiegelte sich in der ruhig daliegenden Oberfläche des kleinen Teiches. Es war mitten in der Nacht, aber der Vollmond beleuchtet alles so, als wäre ein Scheinwerfer direkt über dem Teich angebracht. Noch immer liefen Fredy und Karo den Dorfweg entlang, bis sie unmittelbar am Schilfgürtel des kleinen Gewässers angekommen waren.

Ein alter Steg führte dort zwischen den Schilfhalmen in das Wasser hinein und ein paar Frösche quakten durch die warme Mainacht. „Wollen wir schwimmen?" fragte Karo und schaute die Freundin an. „Ich habe aber kein Badezeug mit." gab Fredy zu bedenken. Karo lachte schallend „Wer soll uns den hier sehen. Und wenn doch, was macht das schon. Komm, sei kein Frosch." erwiderte die Freundin und hatte schon das Sommerkleid abgestreift.

Sie schaute sich nach Fredy um, legte das Kleid und ihre Unterwäsche ins Gras, dann lief sie lachend über den Steg und sprang in das Wasser. Das Spiegelbild des Mondes verschwamm für einen Augenblick, als sie durch die Wasseroberfläche glitt. Nach ein paar Augenblicken tauchte sie wieder auf und rief „Komm rein! Das Wasser ist herrlich." Fredy schaute sich um, bevor sie schnell ihre Wäsche zu der von Karo legte. Sie ging langsam über den Steg, der bei ihren Schritten beträchtlich knarrte, und ließ sich vom letzten Brett vorsichtig in den Teich hinein gleiten. Das Wasser war wirklich, durch die Hitze der Sonne am Tag, noch warm. Fredy tauchte ein Stück und schwamm dann zu ihrer neuen Freundin, die sie im Licht des Mondes nicht weit vom Ufer im Wasser stehen sah.

Zusammen tauchten und schwammen sie über den Teich. Sie tollten herum wie zwei Kinder. Nach einer Weile stiegen sie neben dem Steg an einer flachen Stelle aus dem Gewässer. Als Fredy das Wasser nur noch bis zur Hüfte ging rutschte sie aus und Karo griff schnell nach ihrer Schulter, um sie zu halten. Dann standen sie unmittelbar voreinander im flachen Wasser. Karo hatte Fredys Hände ergriffen und konnte sie nicht mehr loslassen. Fredy ging es genauso. Sie konnte die Hand nicht zurückziehen. Etwas Magisches lag in dieser Nacht über ihnen.

Nach ein paar Augenblicken trafen sich ihre Lippen zu einem langen Kuss. Karo begann Fredys Körper zu streicheln und bei jeder Berührung zuckte Fredy zusammen. So etwas hatte sie noch nie erlebt. Noch nie hatte sie sich bei einer Frau so geborgen gefühlt und noch nie hatte sie für eine Frau überhaupt so etwas empfunden. Das musste die ganz große Liebe sein. Aber zu einer Frau? Bisher war sie nur mit Männern zusammen gewesen, wenn auch immer nur für eine kurze Affäre. Und nun das.

Eine Gänsehaut wanderte über Fredys Körper und als Karo ihren Hals küsste war es ganz um sie geschehen. Eine Unmenge von Schmetterlingen flog durch ihren Körper und sie genoss das Gefühl. Nun suchten auch Fredys Hände den Körper der anderen Frau. Gemeinsam gaben sich die beiden Frauen ihren Gefühlen und den zärtlichen Streicheleinheiten hin. Immer noch im Wasser stehend schaute Fredy zum Mond hinauf, dessen Licht sich nun auch auf Karos nassen Körper spiegelte. Sie zog die Freundin an das Ufer und ließ sich in das Gras fallen. Im Kuss vereinigte legte sich Karo dazu.

Zum selben Zeitpunkt saß Ilona gelangweilt in der Bar und schaute den anderen beim Tanzen zu. Sie hatte ein kurzärmliches Top und eine kurze Hose angezogen und ihre Muskeln zeichneten sich für jeden Mann deutlich sichtbar darunter ab. Warum nur hatte sie wieder genau dieses Top gewählt? Sie wusste doch, oder hätte es zumindest wissen müssen, wie sie darin auf die Männer wirkte. Fast hätte sie sich für diese Dummheit geohrfeigt. Nun, da Fredy auch nicht mehr da war, hatte sie eigentlich gar keine Lust mehr, hier noch länger rumzusitzen. Jeder Mann machte einen Bogen um sie. Es war Zeit aufzubrechen. Die Frau bezahlte und wollte gerade aufstehen, um den Saal zu verlassen, als sich ein Mann neben sie setzte. Er bestellte einfach zwei Bier und schob eines davon Ilona hin. „Prost." sagte er einfach nur und stieß mit ihr an.

Nach dem Bier tanzten die Beiden. Der Mann war genau so stark wie Ilona und nun genoss sie den Abend. Offensichtlich hatte dieser Mann keine Angst vor ihr, sondern genoss es genauso wie sie, einfach nur zu Tanzen. Als der Saal dann geschlossen wurde, gingen die beiden Hand in Hand den Weg zum Bauernhaus hinauf. Schon lange war sie einem Mann nicht mehr so nahe gekommen, wie diesem hier. Das musste ausgenutzt werden! Wer wusste schon, wann sich wieder solch eine Gelegenheit bieten würde. Unmittelbar vor sich konnten sie schon die Umrisse des

Bauernhofes sehen, als sie stehen blieben und sich einfach in die Augen schauten. Es war so etwas Vertrautes in ihrem Beisammensein. War das schon Liebe? Oder wollte sie sich nur dem Genuss der Lust hingeben? So wie er auch? Still trafen sie eine Vereinbarung.

Schweigend standen sie für einige Augenblicke im Mondlicht und plötzlich küsste sie ihn. Der Mann erwiderte ihren Kuss und sie ergab sich in seine Arme. Heute wollte sie mal nicht die Starke sein, sondern sich einfach mal der wirklichen Frau in sich zuwenden. Sie wollte geliebt werden und sich fallen lassen können. Der Mann ergriff ihre Hand und zog sie zu einem kleinen Waldstück neben dem Bauernhof. Ilona folgte einfach ihrem Gefühl und gab seinen starken Händen nach. Ein Kribbeln der Vorfreude zog durch ihren Bauch.

Die Frau wusste noch nicht, wo dieser Abend enden sollte, aber gab sich nun bewusst ihrer weichen, weiblichen Seite hin, wenn man bei Gefühlen von einer Bewussten Hingabe dazu überhaupt reden konnte. Ein starkes Gefühl des Verlangens begann in ihr zu brennen. Der Mann begann sie stürmisch zu küssen. Dabei streichelte er sie und das Verlangen nach ihm wurde so stark, dass sie es nicht mehr erwarten konnte und selbst die Initiative ergriff. Dann zog sie ihn hinter sich zu Boden. Sie wälzten sich durch das Gras einer kleinen Lichtung direkt vor dem Wäldchen, die durch kleine Büsche von dem Weg aus gegen Blicke geschützt war, und wurden immer Leidenschaftlicher. Stürmisch entledigten sie sich ihrer Sachen.

Ilona konnte ihre Lippen nicht mehr von ihm lassen. Überall auf ihrem Körper spürte sie seine Hände und er schien hunderte davon zu haben. Sie zerriss sein Hemd und das Geräusch des zerreisenden Stoffes musste in der Nacht sicher weithin zu hören gewesen sein, aber sie waren schon lange nicht mehr zu einer rationalen Entscheidung fähig. Nur das Gefühl bestimmte nun ihr Handeln. Sie drängte sich ihm entgegen, er drängte in sie. Eine animalische Leidenschaft begann. Wie ein Werwolf unter dem Vollmond nahm er schnaufend von ihr Besitz. Seine Finger krallten sich in ihre Haut und sie hätte schwören könne, dass es Krallen gewesen waren.

Als der Morgen begann, trafen sich Ilona und Fredy, von verschiedenen Seiten kommend, die eine vom Wäldchen, die andere vom Teich, an der Raucherinsel im Hof des Bauernhauses. Die

Grasspuren auf Ilonas Top sprachen eine deutliche Sprache. Sie setzten sich schweigend auf die Bank und beide Frauen träumten den Begegnungen und Erlebnissen der Nacht hinterher.

6. Kapitel

Ein Streichelzoo der Sinne

Als Margit aufwachte, lag sie in ihrem Bett und war alleine im Zimmer. Die Sonne schien ihr wieder direkt ins Gesicht. Sie schaute nach vorn und sah, wie sie sich vor ihr über die Bergkuppe schob. Margit reckte sich und gähnte ausgiebig. Das schöne neue Kleid war durch das Schlafen darin vollkommen zerknittert. Langsam stand sie auf und ging zum Fenster.

Direkt ihr gegenüber, auf der Bank an der Raucherinsel, sah sie ihre beiden Freundinnen sitzen. Sie öffnete das Fenster und winkte hinunter. Ilona sah sie und winkte zurück. Die beiden Frauen erhoben sich und kamen über den Hof zurück in das Haus. „Na wie war es?" fragte Margit, nachdem die beiden anderen Frauen wieder im Zimmer waren. „Du hast was verpasst." antwortete Fredy immer noch sichtbar glücklich. „Morgen Abend ist wieder Tanz, da musst du mitkommen." sagte Ilona und Margit nickte „Wenn ihr mich nicht wieder schlafen lasst." antwortete sie mit einem Lachen.

„Ich gehe in die Wanne!" sagte Ilona „Ich nicht! Ich war die halbe Nacht im Wasser." entgegnete Fredy lachend und zog sich um. Ilona ging ins Bad und ließ sich Wasser ein. Mit ganz viel Schaum setzte sie sich in die Badewanne und genoss die Wärme, die ihren Körper umspülte. Die beiden anderen wollten zum Frühstück und schauten ins Bad. „Sollen wir dir was mitbringen?" fragte Fredy, doch Ilona winkte ab. Sie legte sich ins Wasser zurück und genoss es, an die streichelnden Hände des Mannes zu denken, dessen Namen sie noch nicht einmal kannte.

Als die beiden Freundinnen vom Essen zurückkamen, stieg Ilona aus der Wanne, trocknete sich ab und sagte laut „Heute bleiben wir hier." Die Freundinnen stimmten ihr gern zu. Margit verließ kurz darauf das Zimmer wieder. Die beiden anderen Frauen schliefen wenig später glücklich in ihren Betten und träumten von dieser wilden Nacht voller Zärtlichkeiten. Von einer Nixe und einem Werwolf.

In den Gehegen des Streichelzoos waren viele kleine Tiere zu sehen, die die Kinder betreuen mussten. Margit schaute sich jedes Tier an und kraulte auch ein paar davon. Hinter ihr stand mit einem Mal Hans, schob ihre Haare zur Seite und küsste ihren Hals. Sie zuckte zusammen und drehte sich zu ihm um. Ihre Lippen trafen sich am helllichten Tag mitten zwischen den Schafen. Ihre Arme umschlangen seinen Hals und zogen ihn zu sich. Margit spürte die Wärme des Mannes durch ihre Kleidung hindurch. Das warme wohlige Gefühl machte sich wieder in ihrem Bauch breit. Er sagte lachend „Komm mit. Ich zeige dir meinen Streichelzoo."

Hans nahm sie in die Arme, küsste sie, ergriff ihre Hand und zog sie von dem Gehege der Schafe weg zu der kleinen Scheune, am Rande des Hofes. Hinter sich schloss er das Tor und sie standen im Dämmerlicht des Gebäudes. Einzelne Sonnenstrahlen fielen durch Lücken in der Wand und Staubkörner tanzten in diesen Lichtstrahlen. Kaum waren sie in der Scheune, begann sie ihm das Hemd aufzuknöpfen und ihre Hände glitten über seine Brust. Immer leidenschaftlicher wurden ihre Küsse und schließlich ließ sie sich fallen. Das Stroh fing ihren Fall ab und sie zog ihn hinter sich her.

Seine Hände begannen ihre Sinne zu streicheln und sie schloss die Augen. Sie lehnte sich zurück und das Gefühl der Wärme in ihr wurde immer stärker, die Schmetterlinge wollten losgelassen werden. Schon spürte sie das Kribbeln in ihrem Bauch und eine Gänsehaut folgte den Spuren seiner Hände auf ihrem Körper. Wie elektrisiert fühlte sie sich. Margit drückte sich ihm verlangend entgegen.

Eine Stunde später verließen sie, händchenhaltend, die kleine Scheune wieder. Während Hans zur Arbeit in den Stall musste, setzte sie sich auf die Bank der Raucherinsel. Sie beobachtete ihn, wie er Stroh nach oben warf und schon bald hielt sie nichts mehr auf der Bank. Margit stand auf und ging zu ihm hinüber. An die Stalltür gelehnt fragte sie „Kann ich dir helfen?" Er strahlte sie an und zeigte auf die Leiter neben sich „Klettere bitte hoch und nimm oben das Stroh ab." sie nickte und stieg nach oben.

Zu zweit waren sie viel schneller fertig. Als alle Ballen oben waren, stieg er hinter ihr her und nun verteilten sie das Stroh gleichmäßig auf dem Zwischenboden. Immer wieder trafen sich ihre Hände beim Übergeben der Strohballen und es gab ihr ein richtig gutes und vertrautes Gefühl. Irgendwann waren alle Ballen aufgestapelt und es war hier oben nichts mehr zu tun. Margit wischte sich mit der Hand über die Stirn und ließ sich einfach nach hinten in das weiche Stroh fallen.

Für ein paar Minuten lag sie einfach nur so da, und wartete, dass er sich zu ihr legte, doch nichts passierte. Was war los?

Sie setzte sich auf und sah ihn nur ein paar Schritte neben sich sitzen. Irgendwas schien ihn zu bedrücken, doch als sie ihn fragte „Was ist los?" wich der Schatten in seinem Gesicht sofort wieder einem Lächeln und er sagte „Nichts." Schließlich kam er zu ihr rüber, bückte sich, küsste sie und half ihr auf. Der Mann ging zurück zur Leiter und stieg hinunter. Sie kletterte ihm hinterher und drehte sich auf der Hälfte zu ihm um. Sie sah, wie er zu ihr hinauf schaute und rief scherzhaft mit einem Lachen nach unten „Man schaut doch einer Frau nicht unter den Rock!" dann ließ sie ihre Hände los und ließ sich in seine Arme fallen. Er fing sie ganz sanft auf und trug sie aus der Scheune hinaus.

Auf dem Hof hielt er sie noch eine Weile so und sie drückte sich ganz fest an ihn. Ein besonders langer Kuss war die Belohnung für ihre Hilfe bei der Arbeit, dann setzte er sie auf die kleine Bank neben dem Haus. „Ich muss jetzt auf die Weide und die Kühe holen. Willst du mitkommen?" fragte er, aber sie schüttelte nur den Kopf „Dann sehen wir uns heute Abend beim Tanz im

Nachbardorf?" fragte er weiter. „Wenn du mich abholst gern." antwortete sie. „Fein, wir fahren mit meinem Moped. Ich hole dich dann gegen 21:00 Uhr ab." erwiderte er, küsste sie und machte sich auf den Weg zur Weide.

Margit wechselte die Hofseite und setzte sich auf die Bank der Raucherinsel. Irgendetwas hatte ihn bedrückt, da war sie sich sicher und vielleicht konnte sie ja herausbekommen, was es war und wie sie ihm helfen konnte. Sie schaute dem blauen Rauch nach, der von ihrer Zigarettenspitze aufstieg.

Hatte sie sich verliebt? Es schien so zu sein. Oder war es nur ein Flirt? Unverbindlicher Sex im Urlaub? Wieder kam das Gefühl des gestreichelt Werdens in ihr hoch. Das konnte nicht nur ein Flirt sein. Das war etwas Ernstes! Sie sah dem Mann nach, der aber schon lange verschwunden war. Er fehlte ihr schon jetzt und das war ein untrügliches Zeichen für Margit. Sie freute sich auf den Abend und konnte es kaum erwarten, ihn wieder zu sehen. Ihm ganz nahe zu sein.

7. Kapitel

Auf verschlungenen Wegen

Es war früher Nachmittag, als Karo und Fredy, Hand in Hand, den kleinen Dorfweg entlang gingen. Lachend und scherzend nahmen sie fast nichts mehr von ihrer Umgebung wahr. Ihre Augen waren ineinander versunken und sie konnten keinen Blick mehr voneinander lassen. Am Teich angekommen setzten sie sich auf den Steg und ließen ihre Füße ins Wasser hängen. Sie hatten gerade noch daran gedacht die Schuhe auszuziehen, bevor sie den Steg betreten hatten. Um sie herum war das Schilf und ein paar Libellen umkreisten sie mit einem leisen Brummen.

Karo begann von ihrer Arbeit zu erzählen. Sie war den Rest des Jahres Kindergärtnerin und half in ihrem Urlaub ihrer Mutter auf dem Hof aus. Als sie ihren Wohnort nannte sah Fredy sie völlig entgeistert an. „Wo wohnst du da genau?" fragte sie und Karo nannte die Straße. Fredy schüttelte ungläubig den Kopf „Da wohnst du keinen Kilometer von mir entfernt." stellte sie fest „Kennst du den kleinen Laden? An der Ecke der Straße beim Park?" fragte sie „Den an der Straßenbahnhaltestelle?" fragte Karo zurück und die Freundin nickte „Da kaufe ich jeden Mittwoch ein." sagte sie schließlich „Und ich am Donnerstag!" entgegnete Fredy.

„Da sind wir uns nie begegnet, weil wir an verschiedenen Tagen dort einkaufen!" rief Karo aus „Ja! Wir wohnen seit fünf Jahren praktisch nebeneinander und müssen erst so weit fahren, um uns zu treffen!" antwortete Fredy mit einem immer noch ungläubigen Kopfschütteln. „Aber jetzt haben wir uns ja gefunden. Die Wege der Liebe sind manchmal ziemlich verschlungen." antwortete Karo und küsste die Freundin. „Jedoch führen sie meistens zum Ziel." erwiderte Fredy und fuhr mit der Hand durch Karos langes Haar. Noch immer hatte sie es nicht verstanden, was sie an dieser Frau faszinierte, aber sie genoss jeden Augenblick, den sie mit ihr zusammen war. Früher hätte sie vielleicht gar keinen Blick für Karo gehabt, auch wenn sie sich in dem Laden getroffen hätten. Das war nun zum Glück vorbei.

„Möchtest du morgen mit mir ausreiten? Ich kann uns zwei Pferde ausborgen." fragte Karo und sah die leuchtenden Augen der Freundin als Bestätigung. Sie wartete die Antwort nicht ab, zog Fredy auf die Füße und zusammen liefen sie schnell zum Dorf zurück. An einem Haus klingelte Karo und eine ältere Frau machte das Fenster auf. Die Freundin ging zu ihr hin und redete mit der Frau, die schließlich nickte. Karo kam zurück und sagte nur „Geht klar. Morgen früh um neun." sie ergriff die Hand der Freundin und rannte wieder mit ihr zum Teich zurück.

Am Rand des Teiches streifte sie das Kleid ab und sagte „Diesmal habe ich einen Bikini drunter. Und du?" „Ich schwimme in meiner Unterwäsche." erwiderte Fredy, doch Karo schüttelte den Kopf. „Das musst du nicht." antwortete sie und schon flog der Bikini ins Gras. Zusammen sprangen sie nackt in den Teich und schwammen schon eine Weile, als Ilona am Rande des Gewässers auftauchte und vom Rande des Steges zu den Zweien ins Wasser schaute. „Kann ich mit ins Wasser kommen?" rief sie und war schon wenig später im Teich, ohne auf eine Antwort der beiden Schwimmerinnen gewartet zu haben.

Nun badeten sie zu dritt, aber nicht lange, denn wenig später tauchte Hans am Steg auf und sprang kurz darauf ebenfalls in den Teich. Der Mann schwamm zu Ilona und umkreiste sie. Nun trennten sich die Freundinnen, die bisher zusammen geschwommen waren. Fredy und Karo schwammen nach links und die anderen beiden nach rechts. Der Teich war nicht so groß, dass sie sich nicht mehr gesehen hätten. Die Paare standen im flachen Wasser nur etwa dreißig Meter auseinander. Später stiegen alle aus dem Wasser und blieben jeweils auf ihrer Seite der Wiese vor dem Waldrand. Als die Dämmerung auf sie herunter sank war an diesem Abend am Teich nicht nur das Liebesspiel der Frösche zu hören. Zwei Menschenpaare stimmten in das Lied der Liebe mit ein. Ilona und ihr Freund brachen dann zuerst auf.

Erst in der Dunkelheit, spät am Abend oder besser, Mitten in der Nacht, waren dann auch Fredy und Karo wieder in ihren Zimmern gewesen und später jede in ihrem Bett für sich eingeschlafen. Als Fredy dann am nächsten Morgen auf den Hof ging, wartete Karo schon mit den beiden braunen Pferden vor dem Stall. Sie schüttelte den Kopf, als sie Fredy sah „Du kannst doch nicht im Rock reiten!" Fredy schaute an sich herunter. „Du bist doch schon mal geritten? Oder?" fragte Karo. „Na klar." entgegnete Fredy. Die Freundin schüttelte wieder den Kopf und band die Pferde an die Stalltür an „Mit dem Rock hältst du es keine zehn Minuten auf dem Pferd aus Da scheuerst du dir alles wund." erklärte Karo der Freundin.

Fredy nickte und wollte schon traurig wieder gehen, „Schade." sagte sie nur, als Karo sie zurück hielt „Du hast ungefähr meine Größe und ich habe noch eine Hose übrig." sagte sie und sie gingen zusammen in Karos Zimmer. Wenig später ritten sie beide nebeneinander vom Hof. Am Anfang ritt Fredy noch langsam, da es schon eine ganze Weile her war, dass sie das letzte Mal auf einem Pferd gesessen hatte, und danach wurden sie schneller. Mit donnernden Hufen, fliegenden Mähnen und zwei lachenden Mädchen oben drauf sausten die Pferde dahin. Karos blonde Haare wehten hinter ihr her und sie genossen den schnellen Galopp.

Durch ein kleines Wäldchen ging es Seite an Seite. Hier ritten sie langsamer und sie konnten sich auch unterhalten. Dabei gab Fredy dann auch zu, dass es schon etwa zehn Jahre her war, dass sie das letzte Mal die Zügel eines Pferdes in der Hand gehalten hatte.

An einem kleinen Bach machten sie Rast. Die Pferde tranken in dem Gewässer und die beiden jungen Frauen saßen nebeneinander auf der Wiese. Fredy legte sich nach hinten in das Gras, nahm ihre Hände unter den Kopf und schaute in das Blau des Himmels über sich. Karo drehte sich zu ihr und beugte sich über die Freundin. Das Blau ihrer Augen war dasselbe Blau wie der Himmel hinter ihr und Fredy glaubte durch diese Augen den Himmel sehen zu können. Karo fuhr mit ihrer Hand durch die kurzen schwarzen Haare der Freundin und ihre eigenen Haare fielen auf Fredys Gesicht. Sie griff nach oben und zog Karo zu sie herunter. Ein langer Kuss war der Dank für diesen schönen Ausritt.

Eines der Pferde schubste Karo schließlich nach einer Weile der zärtlichen Streicheleien an und erinnerte sie daran, dass sie auch wieder zurück zum Bauernhof mussten. Die beiden Frauen ordneten ihre Sachen, saßen wieder auf und ließen die Pferde im leichten Trab nebeneinander her laufen. Auch dabei versuchten die beiden Frauen Händchen zu halten, was nicht immer gut gelang. Schließlich waren sie am späten Nachmittag wieder auf ihrem Hof zurück und danach brachten sie die Pferde zurück in den Stall der anderen Bäuerin.

8. Kapitel

Gemeinsamer Genuss

Wieder mal waren sie zusammen in der Bar. Karo erzählte von ihrer Kindergartengruppe, die sie in der fernen Stadt betreute. Sie erzählte mit so einer Leidenschaft von den Kindern, dass Fredy nachdenklich wurde. Es wurde immer später am Abend und der Saal füllte sich immer mehr. Hans kam auch in die Bar, ging an ihrem Tisch vorbei und nickte den beiden Frauen freundlich zu. Immer weiter erzählte Karo ihrer Freundin von den Knirpsen ihrer Gruppe. Nach einer ganzen Weile legte Fredy ihre Hand auf Karos Arm. Sie versank immer noch im Blau ihrer Augen. Für ein paar Momente war Schweigen zwischen ihnen, aber ihre Blicke sprachen so viel.

„Möchtest du eigentlich Kinder? Ich meine eigene?" fragte Fredy und griff zu Karos Hand. Diese nickte und legte den Kopf schräg, sie schien davon zu träumen. „Das wird da aber kompliziert? Oder? So mit zwei Frauen." fragte sie weiter. Karo stützte ihren Kopf auf die Hände und die Ellenbogen auf den Tisch. „Da gibt es verschiedene Möglichkeiten." erklärte sie dann mit einem Lächeln. „Hans ist eine davon. Er fragt nach nichts und nimmt alles, was bei drei nicht auf dem Baum ist." dabei wurde sie etwas röter im Gesicht. Im selben Moment quakte ihr Telefon auf dem Tisch. „Wenn man davon spricht." sagte sie und drückte den Ton weg.

„Ich bin gleich zurück." ergänzte sie und ging nach hinten, wo die Toiletten waren. Unterwegs nickte sie Hans zu. Wenig später folgte er ihr unauffällig nach hinten. Nach etwa zehn Minuten kam Karo zurück. Ihre Wangen waren rosig und ihre Augen strahlten. Ein paar Augenblicke später tauchte auch Hans wieder vorn auf. Fredy war für einen Moment sprachlos. „Das hat nichts mit Gefühl zu tun, nur mit einem Kind." sagte Karo. Sie zeigte das Telefon mit der App, die die fruchtbarsten Tage berechnen kann. Ein kleiner gelber Kreis war darauf dargestellt, auf den sich schlängelnd ein animiertes, lächelndes Spermium zubewegte.

„Ich versuche es schon seit einem Jahr. Immer wenn ich hier bin und auch hier im Urlaub." „Kannst du das nicht auch Zuhause, in der Stadt?" fragte Fredy, doch Karo schüttelte den Kopf. „Hans kenne ich schon mehr wie zehn Jahre. Der macht sich da keine Gedanken. Keine

Verbindlichkeiten." schloss sie. „Aber er macht sich bestimmt auch keine Sorgen um seine Gesundheit. Du hast doch gesagt, dass er jede nimmt. Hast du davor keine Angst?" entgegnete Fredy. Karo wurde nun nachdenklicher und schaute in ihr Glas. Fredy wartete einen Moment auf eine Antwort, dann ergänzte sie „Irgendwie gefällt mir das nicht. Da werde ich richtig eifersüchtig." wieder quakte die Babyapp. Schnell drückte Karo das Telefon aus. Als sie wieder aufstehen wollte, legte Fredy ihre Hand auf Karos Arm, um sie aufzuhalten.

Die beiden Frauen sahen sich an. „Willst du mitkommen?" fragte Karo mit einem Male bittend. „Nicht auf die Toilette!" antwortete Fredy, und wusste selbst nicht, warum sie das auf einmal sagte. Karo nickte ihr zu und zeigte für Hans mit dem Kopf zur Ausgangstür. Der Mann bezahlte und verließ den Raum. Ein paar Minuten später bezahlte Karo und die beiden Frauen verließen ebenfalls die Bar. Vor dem Haus saß Hans auf einer Bank. Nun gingen sie zu dritt zurück zum Bauernhof. Karo und Fredy hielten Händchen, der Mann ging schweigend neben ihnen her.

Sie betraten Karos Zimmer und sie streifte schnell ihre Kleider ab. Hans ließ nur seine Hose fallen. Die beiden Frauen begannen sich zu küssen und zu streicheln. Dann drückte Hans Karo auf das Bett. Während sich die Frauen weiter küssten, begann er mit seinem Werk. War es nun für Fredy anders, wenn sie dabei war? Sie wusste es nicht und konzentrierte sich nur auf die Freundin. Einige Minuten später stöhnte der Mann auf und war fertig. Karo flüsterte in Fredys Ohr „Wollen wir zusammen schwanger werden?" Fredy überlegte und Hans fragte einfach „Du auch?" schließlich nickte sie und Karo begann sie langsam auszuziehen. Fredy genoss die streichelnden Hände der Freundin auf ihrer Haut. Noch vor ein paar Minuten hatte sie sich um die Freundin gesorgt, nun würde sie mit Hans das Lager teilen. Hatte ihr Verstand ausgesetzt? Warum gab sie sich diesem Risiko hin? Doch etwas in ihr zog sie zu Karo. Sie wollte der Freundin nahe sein.

Schließlich begann Hans auch bei ihr. Er drückte Fredy auf das Bett nieder und Karo kniete sich neben die Freundin. Fredy genoss die innigen Küsse und das Streicheln der Freundin auf ihrer Haut. Nicht so sehr die Bewegungen des Mannes in ihr. Sie hatte nur Augen für Karo und nahm fast nichts sonst wahr. Warme Wellen lösten die Hände der Frau auf ihren Körper aus. Mit einem Sternenregen brach der Höhepunkt über sie herein, wie sie es noch nie erlebt hatte. Wenig später war Hans mit einem zufriedenen Grunzen fertig. Er zog sich an und verließ wortlos den Raum. Die beiden Frauen kuschelten sich aneinander in dem Bett, streichelten sich noch eine Weile und schliefen dann in einer innigen Umarmung ein.

Als die ersten Sonnenstrahlen in das Zimmer fielen klopfte es an der Tür. Regina steckte ihren Kopf durch den Eingang und rief leise „Karo aufstehen, die Arbeit wartet." sie war offensichtlich etwas verdutzt, als zwei Frauenköpfe aus dem Bett auftauchten und sie verschlafen anschauten. „Ja Mama, ich komme gleich." antwortete Karo und die Zimmertür schloss sich wieder.

„Hast du gut geschlafen?" fragte Karo, nachdem sie die Freundin geküsst hatte. Fredy nickte und ließ sich ins Bett zurück fallen. „Ich muss." sagte Karo und versuchte aufzustehen, doch Fredy hielt sie kurz zurück. Ihre Lippen trafen sich zu einem langen Kuss, dann stand Karo auf und ging nackt, ihre Sachen aufsammelnd, in das kleine Bad. Fredy hörte das Rauschen der Dusche und setzte sich im Bett auf. Wenig später ging sie auch in das Badezimmer hinüber und setzte sich auf eine kleine Kommode. Sie wartete bis die

Freundin unter der Dusche fertig war, dann ging sie selbst hinein.

„Kann ich bei dir einziehen? Ich möchte für den Rest des Urlaubes keine Minute mit dir mehr verpassen." fragte Fredy und die Freundin nickte zustimmend. „Im Schrank ist noch Platz. Ich muss aber jetzt zur Arbeit." erwiderte Karo und küsste sie erneut. Dann war Fredy alleine in dem Raum. Sie ging in ihr altes Zimmer, packte ihre Sachen in den Koffer und sagte zu Ilona „Ich bleibe bei Karo." die Freundin nickte ihr zu und umarmte Fredy.

Mit ihrem Koffer in der Hand und dem Rucksack auf dem Rücken stieg sie hinunter und ging über den Hof in das andere Haus hinüber. Beim Einräumen ihrer Sachen in den Schrank saugte sie Karos Duft ein, der von ihrer Seite des Schrankes herausströmte. Sie glaubte, dass sie die Freundin schon ewig kannte und nicht erst ein paar Tage. Alles an ihr war ihr vertraut. Sie zog ein Shirt von Karo aus dem Schrank und vergrub ihr Gesicht darin.

Sollte sie hier einfach auf sie warten? Das konnte sicher Stunden dauern. Sie schaute zum

Fenster, legte das Shirt sorgfältig zurück in den Schrank und verließ dann das Zimmer. Die Frau betrat den Stall und griff sich eine der Mistgabeln, die dort an der Wand lehnten. Schnell ging sie der Freundin, ohne ein Wort zu sagen, zur Hand. Karos lächelndes Gesicht war ihr Belohnung genug. Sie mochte es, wie Karo sie ansah und bei jedem Blick durchliefen sie Schauer, jede Berührung jagte auch weiterhin Blitze durch ihren Körper und als sie sich dann später in der Scheune gleichzeitig nach demselben Ballen Stroh bückten, mussten sie beide lachen. Die Anspannung der Arbeit fiel von ihnen beiden ab und sie küssten sich mit dem Strohballen in den Händen.

„Ich möchte für immer bei dir sein!" sagte Fredy und Karo nickte „Mir geht es genauso." antwortete sie und wieder schauten sie ich tief in die Augen. Sie hatten sich gefunden, ohne je nach der jeweils anderen gesucht zu haben. Für beide war es etwas ganz Neues, Intensives. Ein sehr schönes Gefühl der Nähe und Liebe. Und mit einem Male wusste Fredy, warum es nie mit den Männern so richtig hatte klappen wollen. Sie hatte auf Karo gewartet!

9. Kapitel

Unter Brüdern

Hans stand auf die Mistgabel gestützt an der Stalltür und schaute über den Hof zu der Bank hinüber, wo die drei Freundinnen saßen. Von Zeit zu Zeit hörte er das schallende Lachen von Ilona oder das Kichern von Margit durch den Wind zu sich herüber wehen. Sein Bruder Ralf arbeitete hinter ihm in einer der Tierboxen und schaute zu ihm hinüber. Er war ein paar Jahre jünger als Hans.

Er stellte seine Mistgabel an die Wand und trat zu Hans. Ralf folgte dem Blick seines Bruders und konnte gerade noch sehen, wie die drei Frauen aufstanden und zum Haus hinüber gingen. Er legte seinem Bruder die Hand auf die Schulter und als der sich zu ihm umdrehte sagte er „Du musst etwas an deinem Leben ändern." „Warum?" fragte Hans und Ralf ging zurück zu seiner Box. „Warum?" rief er nun lauter und Ralf drehte sich noch einmal zu ihm zurück. „Du hast etwas mit jeder von ihnen gehabt. Mit zweien sogar am selben Tag. Das wird dich fertig machen. Und wenn nicht das, dann die Frauen, wenn sie dahinter kommen!"

„Du weißt also wie Frauen denken!" sagte Hans und winkte ab. „Anscheinend mehr als du!" antwortete Ralf und griff sich den Hochdruckstrahler, um die Box auszuspülen. Hans sah ihm nachdenklich zu. Hatte der Bruder Recht? Er kratzte sich am Kopf und dachte nach. Er hatte sicher schon hunderte Frauen gehabt. Aber es schien ihm, als wäre Margit anders. War es nun aber für ein bisschen Ehrlichkeit nicht schon zu spät? Sollte er einfach neu anfangen? Oder sich für eine der drei entscheiden? Eigentlich ja nur für eine von zweien, denn Fredy war offensichtlich schon vergeben und zwar an Karo.

Natürlich hatte er auch schon mit diesen beiden Frauen was gehabt und zwar fast gleichzeitig, aber konnte so eine Frau wie Fredy wirklich auf Frauen stehen? Und Karo? Anscheinend reizte gerade das seinen männlichen Trieb zu jagen und zu erbeuten. Margit ging hm wieder nicht aus dem Kopf. Er fluchte, warf die Mistgabel in die Ecke und verließ den Stall.

Ralf schaute ihm nach, wie er in Richtung Teich ging, wo er sicher baden würde, um hinterher die erstbeste Frau zu umgarnen, die ihm über den Weg lief. Er selbst hatte weder die Erfahrung des Bruders bei den Frauen, noch dasselbe Glück bei ihnen. Im Vergleich zu seinem Bruder war er unerfahren, aber das war vermutlich jeder Mann im Umkreis von hundert Kilometern. Er stellte den Kompressor ab und hob die Gabel seines Bruders auf.

Nachdenklich stand er da und dachte an all das Leid, was seiner Familie durch den Vater zugefügt worden war. Ralf verließ nun ebenfalls den Stall und setzte sich auf die Bank vor dem Haus. Er schaute zu den Schwalben hinauf, die unter dem Dach gerade ein Nest gebaut hatten. War das eine perfekte Familie? So ganz anders als die eigene! Er griff in die Tasche seiner Arbeitshose, packte einen Schokoriegel aus und biss genüsslich hinein. Die drei Frauen kamen neben ihm durch die Tür des Hauses und er nickte ihnen zu. Er sah wie Ilona den Weg zum Teich einschlug und er schüttelte den Kopf bei dem Gedanken, was dort im Wald wohl sicher bald geschehen würde.

Nach zwei Stunden kamen Hans und Ilona vom Teich zurück. Ralf sah durch das Fenster, wie sich Hans von der Frau mit einem Kuss verabschiedete. Hatte der gar keine Angst, dass Margit ihn so sehen konnte? Anscheinend war der Bruder so abgebrüht, das ihn das gar nicht interessierte. Er schien mit den Gefühlen der Frauen zu spielen und die hatten offensichtlich keine Ahnung, worauf sie sich mit ihm einließen,

Hans betrat das gemeinsame Zimmer und Pfiff zufrieden. Ralf begann zu erzählen „Wir sind beide durch unseren Vater geschädigt. Du bist wie er und ich bin genau das Gegenteil von ihm. Erinnere dich, er ist jedem Rock hinterher gerannt und hat damit das Leben unserer Mutter zerstört." „Was erzählst du das mir?" fragte Hans und Ralf zuckte mit den Schultern. „Denke bitte daran, als er vor ein paar Jahren gestorben ist, da war er ganz alleine. Niemand wollte mehr etwas mit ihm zu tun haben. Noch ist Zeit für uns den Weg zu wechseln. Hans, mache bitte nicht denselben Fehler wie er!" er schaute den Bruder durchdringend an, doch der drehte sich einfach weg und legte sich dann auf sein Bett.

„Ach lass mich doch." brummte Hans von seinem Bett aus. Vielleicht brauchte der Bruder einfach nur noch etwas Zeit zum Nachdenken. Nachdenklich schaute Ralf zu seinem Bruder, dann griff er sich sein Handtuch und sagte „Ich gehe erst mal an den Teich.", verließ das Zimmer und konnte nicht mehr sehen, wie Margit wenig später in den Raum schlüpfte. Ralf ging langsam den Waldweg entlang, saß wenig später auf dem Steg und schaute auf den Teich hinaus. Er überlegte weiter und sah auf die kringelnden Wellen im Wasser. Hinter sich hörte er leise Schritte, der Steg knarrte und als er sich umdrehen wollte, setzte sich Ilona schon neben ihn. Sie war Barfuß gewesen und daher sehr leise gekommen. Eine ganze Weile saßen sie einfach nur schweigend nebeneinander. Was wollte die Frau? Nur hier sitzen? Bei ihm? Ralf war unsicher und wollte schon wieder gehen, als die Frau sagte „Bleib doch."

Aus dem Augenwinkel heraus schaute er zu ihr hinüber. Sie saß direkt neben ihm, ihre Körper berührten sich leicht. Die Frau trug ihr Haar offen und hatte einen roten Bikini an, der ihr gut stand. Sie war sehr muskulös. Ralf musste daran denken, dass sie noch vor ein paar Stunden hier mit Hans gewesen war. Obwohl er sich nicht traute sie anzusehen, konnte er sich auch nicht von der Stelle wegbewegen. Irgendetwas hielt ihn hier fest. Was wollte die Frau von ihm? Ihren Spaß hatte sie doch mit Hans schon gehabt! Sie gefiel ihm, aber er dachte auch daran, dass er erst zwei Frauen gehabt hatte und zusätzlich auch noch ziemlich schüchtern war. Bei seinem Körperbau würde man ihm das wohl kaum zutrauen, doch es kam vermutlich auch noch aus der Kindheit und war durch den Vater bedingt. Wieder dachte er an Hans.

Schweigend saßen sie da und plötzlich legte die Frau ihre Hand auf sein Knie. Fast wäre er zusammen gezuckt. So überraschend war dies gewesen. Es war, als hätte sie ihn mit dieser Hand auf dem Steg festgenagelt. Zu keiner Bewegung war er mehr fähig. Schließlich sprang Ilona ins Wasser und tauchte direkt vor ihm wieder auf. Sie strich sich die nassen Haare aus der Stirn und sah ihn direkt an. Nun trafen sich ihre Blicke und ein Kribbeln, wie er es noch nie erlebt hatte, machte sich in seinem Bauch breit. Erst durch den Blick war dies geschehen. In ihren Augen spiegelte sich die Sonne und gab ihnen ein Glitzern. „Komm doch rein." forderte sie ihn leise auf.

Nun war jeder Zweifel dahin. Diese Frau wollte ihn! Das hatten ihre Gesten ihm gezeigt, auch wenn er nicht viel Erfahrung hatte. Wie weit würde sie gehen? Ralf streifte sein T-Shirt ab und sprang zu ihr ins Wasser. Eine Weile schwammen sie umeinander, bis sie sich im flachen Wasser befanden. Plötzlich küsste Ilona ihn und er war völlig überrascht. Verdutzt stand er da und war wieder zu keiner Regung fähig. Hatte er nicht zuvor damit gerechnet? Trotzdem hatte ihn dieser Kuss erstarren lassen. Ilona schaute ihn etwas seltsam an und genauso plötzlich fasste er Mut und küsste sie einfach zurück. Seine Hand glitt durch ihr nasses Haar. Was passierte hier? War sie nicht die Freundin von Hans?

Sie gingen zurück zum Ufer und er hielt ihr sein Handtuch hin. Ohne etwas zu sagen streifte sie den Bikini ab, ließ ihn ins Gras fallen und trocknete sich direkt vor ihm ab. Als sie das Handtuch zurückgab, trafen sie ihre Hände und er erschauerte erneut. Etwas kam in ihm in Bewegung und er trat einen Schritt vor. Ralf nahm die Frau in seinen Arm, dann küsste er sie wieder. Er spürte ihre Kraft und etwas begann sich in ihm zu regen. Seine Badehose landete auf ihrem Bikini.

10. Kapitel

Zweifel und Streit

Nebeneinander lagen sie am Teich, die Frösche begannen wieder ihre Melodie zu singen und in den Bäumen über ihnen pfiffen die Vögel das letzte Lied des Tages. Langsam senkte sich die Dämmerung auf das Paar, das auf der Wiese lag. Ilona drehte sich zu dem Mann hinüber, Ralf sah ihr in die Augen und fragte „Warum hast du das gemacht? Du bist doch mit meinem Bruder zusammen?" doch sie schüttelte den Kopf „Ich bin nicht mit ihm zusammen und warum ich es gemacht habe, dass weiß ich auch nicht. Ich hatte einfach das Gefühl es tun zu müssen. Du hast aber nicht viel Erfahrung mit Frauen. Oder?" entgegnete sie leise.

Er bekam einen roten Kopf, den man trotz der Dämmerung deutlich sehen konnte. Dann setzte er sich auf, zog die Knie an und umschloss seine Beine mit den Armen. Ralf bekam kein Wort mehr heraus. Er hatte das Gefühl, dass sich etwas durch seinen Bauch wühlte. Ilona suchte ihren Bikini, der aber noch feucht war. Sie versuchte ihn etwas auszuwringen, was ihr zwar gut gelang, aber das Kleidungsstück blieb klamm und kalt.

Ralf stand auf und gab ihr sein Shirt, das sie sich anzog. Das nasse Bikinioberteil behielt sie in der Hand und zog nur die Hose an.

Nebeneinander gingen sie den Weg zurück, zu gern hätte Ralf ihre Hand genommen, traute sich aber nicht. Am Ende des Wäldchens, kurz vor dem Hof hielt er an. „Wir sollten nicht zusammen auf den Hof kommen. Wer weiß was mein Bruder oder die anderen im Hof sagen werden, wenn man uns sieht." sagte er. Ilona schaute ihn an, legte den Kopf schräg und stützte die Arme in die Hüfte. „Eigentlich ist mir das völlig egal. Ich habe dein Shirt an und keine Lust es auszuziehen. Ich habe ja auch nichts drunter. Warum hast du so eine Angst? Stehe einfach zu dir!" erwiderte sie und er nickte.

Nun ergriff sie seine Hand und sie gingen in den Hof. Vor dem Haus verabschiedete sich Ilona mit einem Kuss „Dein Shirt gebe ich dir morgen wieder." sagte sie und ging auf ihr Zimmer. Ralf blieb noch eine ganze Weile so stehen, das Handtuch um den Hals gelegt. Worauf wartete er? Was war da gerade passiert? Er wurde aus der Frau irgendwie nicht schlau. Was meinte sie mit ihrer Aussage? Vielleicht war Ilona so etwas wie das weibliche Gegenstück zu Hans? Doch dann schüttelte er den Kopf. Es hatte sicher nichts zu bedeuten. Tief in ihm war da etwas aufgebrochen, was er verschüttet geglaubt hatte. Was fühlte die Frau? Warum hatte sie sich ihm so bereitwillig hingegeben?

Verwirrt stand er dort unter ihrem Fenster und sah nach oben, aber sie zeigte sich nicht noch einmal. Was war passiert? War es Liebe? Für ihn schon. Und für sie? Nur unverbindlicher Sex? Er wusste es nicht. Wieder dachte er an seine Mutter und den Vater. Hatten die sich auch mal geliebt? Was war da bei seinen Eltern passiert? Nach einer Weile des nutzlosen Wartens ging er auf sein Zimmer, vielleicht konnte ihm sein Bruder einen Rat geben, aber Hans war nicht da. Vermutlich war er auf der Jagd. Ralf schüttelte den Kopf, ging unter die Dusche und danach ins Bett. Er schlief schnell ein und träumte von Ilona und dem Abend am Teich, von ihrem Kuss und den erwachten Schmetterlingen.

Wie jeden Morgen krähte auch am nächsten der Hahn auf dem Hof und gab damit für alle das Startsignal für den Tag. Für die Arbeiter wie Hans, Ralf und Karo war es das Zeichen, um in den Stall zu gehen und für die Urlauber dafür, sich noch einmal im Bett umzudrehen und langsam munter zu werden. Ilona hatte in dieser Nacht geträumt, dass sie sich zwischen den zwei Brüdern entscheiden musste. Warum wusste sie selbst nicht. Sie mochte beide und warum sollte sie sich den Spaß verderben lassen. Sie mochte die Kraft des einen und die Zärtlichkeit des anderen.

Sie stand auf und ging unter die Dusche. Im Bad sah sie das Shirt von Ralf und dachte daran, wie der Abend am Wasser gewesen war. Ralf hatte vor ihrer Kraft so gar keine Angst gehabt, nur anscheinend vor seinem Bruder, von dem sie immer noch nicht mal den Namen kannte. Ilona trocknete sich ab, griff das Shirt und sah zu ihren schlafenden Freundinnen, die sich gerade in den Betten zu räkeln begannen. Sie ging die Treppe hinunter und auf den Hof, um Ralf das Shirt zurück zu bringen, als sie direkt vor dem Haus auf Ralfs Bruder traf.

Ohne dass sie ihn dazu irgendwie aufgefordert hätte, küsste er sie sofort leidenschaftlich und nach einem Augenblick des Zögerns erwiderte sie seinen Kuss. Schnell zog er sie hinter sich her zu der kleinen Scheune.

Margit war gerade aufgestanden und hatte das Fenster geöffnet, wie jeden Tag. Die Frau hatte von oben aus dem Fenster geschaut und so alles gesehen, was sich da gerade unter ihr im Hof abspielte.

Schnell war sie, noch im Schlafanzug, auf der Treppe nach unten und auf dem Hof. Sie lief zu dem Tor der Scheune, aber es ging nicht auf. Vermutlich hatte es Hans von innen versperrt, denn eine Klinke oder ein Schloss gab es da ja nicht. Sie rüttelte daran und blieb einfach davor stehen. Vor Wut hätte sie schreien können, aber sie blieb seltsam ruhig. Dafür begann es in ihrem Inneren zu brodeln. Was dachte sich Ilona dabei, ihr den Freund wegzunehmen! Margit gab in ihrer Wut nur Ilona die Schuld und nicht ihm. Immer wütender wurde sie. Als sich nach etwa einer halben Stunde die Tür öffnete und Ilona, gefolgt von Hans, wieder auftauchte, funkelte sie die Freundin an.

Margit stemmt die Arme in die Hüften. „Was machst du hier?" fragte sie sichtbar aufgebracht. Ilona zog sich ein paar Strohhalme aus den Haaren „Er hat mir seine Strohsammlung gezeigt." versuchte sie einen Scherz, der aber gar nicht gut ankam. Mit erhobenen Fäusten stürzte sich Margit auf Ilona, die aber keine Mühe hatte die kleinere Frau auf Abstand zu halten. Hans ging pfeifend vorbei, beachtete die beiden Frauen, die neben ihm kämpften, gar nicht, und verschwand im Stall.

Ilona zog Margit hinter sich her in die Scheune „Was ist dein Problem?" fragte sie Margit und die antwortete „Hans ist mein Freund!" „Das ist dein Hans?" fragte Ilona überrascht und Margit nickte eifrig „Tut mir leid, das habe ich nicht gewusst. Ich kannte bis gerade eben nicht mal seinen Namen" antwortete Ilona, nun sichtbar betroffen. „Doch! Sicher! Das war Absicht!" rief Margit und stampfte mit dem Fuß auf. „Du bist eine Schlampe und vögelst mit jeden rum!" schrie sie erbost und lief aus der Scheune hinaus auf den Hof.

Ilona sah der Freundin nach und nahm das Shirt auf, das zu Boden gefallen war. Nachdenklich blickte sie der Freundin hinterher. Dann dachte sie an Hans und Ralf. Hatte Margit Recht mit ihrer Behauptung? Irgendetwas krampfte sich in ihr zusammen. Sie wollte doch nur unverbindlichen Spaß haben, doch nun kam ihr das alles so seltsam vor. Ilona verließ die Scheune, ging am Stall vorbei und drückte Ralf das Kleidungsstück wortlos in die Hand. Sie rannte Margit hinterher, um sich bei der Freundin zu entschuldigen. Doch sie konnte sie nirgendwo finden. Sie wollte auch nicht rufen.

Solch einen Streit hatte ihre Freundschaft bisher noch nie erlebt und sie wollte es unbedingt schnell klären. Diese Zweifel mussten zerstreut werden. Ihre Freundschaft war es Wert, dafür zu kämpfen. Das gute Gefühl, das sie noch vor kurzem bei Hans in der Scheune gehabt hatte, war einem schlechten Gefühl des Schmerzes gewichen.

Nachdenklich stand sie auf dem Hof und horchte in sich hinein. Es war seltsam gewesen. Hier auf dem Bauernhof hatte sie zwei starke Männer, die sich nicht scheuten, sich mit ihr einzulassen. Vielleicht hatte es ihr gefallen, umworben zu werden und auswählen zu können. Bisher hatte sie immer vergeblich nach den Männern gesucht. Doch der Schmerz der Freundin hatte sich auch in ihr Herz gebrannt. Nun war Hans für sie Tabu. Blieb noch Ralf. Sie blickte sich nach ihm um, konnte ihn aber nicht sehen. Ilona machte sich wieder auf den Weg, um Margit zu suchen.

11. Kapitel

Kampf um die Freundschaft

Von irgendwo hörte Ilona ein Schluchzen. Sie ging dem Geräusch nach und fand Margit an einem Baum in einer Schonung sitzend vor. Sie setzte sich daneben und versuchte die Freundin zu trösten, doch das regte Margit nur noch viel mehr auf. Sie schlug die Hand weg, die Ilona ihr auf die Schulter gelegt hatte und nur der Umstand, dass Ilona mindestens doppelt so stark war wie die kleinere Margit hinderte sie daran, sich sofort auf Ilona zu stürzen.

„Es war keine Absicht von mir." begann Ilona ruhig zu reden, doch Margit funkelte sie nur zornig an. Sie sprang auf und lief ein Stück, von Ilona mit einem kleinen Abstand gefolgt. Am Rande der Schonung blieb sie weinend stehen und schaute auf die andere Seite des Teiches. Beide Frauen konnten den Steg sehen und dort stand Hans in inniger Umarmung mit einer schwarzhaarigen Frau.

Als diese sich umdrehte und ins Wasser sprang erkannten beide Fredy. „Also die auch!"

schluchzte Margit. „So wie vermutlich der Rest der Frauen hier zwischen sechzehn und sechzig." setzte Ilona verbittert dazu. „Du willst ihn nur schlecht machen." rief Margit und fuhr herum. „Erst verführst du ihn und dann beleidigst du ihn!" setzte sie schluchzend hinzu. Ilona schaute verwirrt drein. „Ich? Was habe ich gemacht?" entgegnete sie.

Margit lief zurück zum Dorf und Ilona sah wie jetzt auch Karo in den Teich sprang und Fredy küsste. Hans stand immer noch auf dem Steg und schaute zu den beiden Frauen herunter. Vermutlich überlegte er, ob er hier Beute machen konnte, doch er drehte sich um und ging. Ilona schritt am Waldrand entlang um den Teich und traf am Steg auf Fredy, die gerade aus dem Wasser kletterte.

„Kennst du den Kerl?" fragte Ilona „Wen? Hans?" fragte Fredy zurück und Ilona nickte. „Ja, was ist mit dem?" fragte Fredy und hinter ihr kletterte nun auch Karo aus dem Wasser, die die Frage gehört hatte und sagte „Ich kenne Hans schon länger." Ilona begann zu erzählen, wie er sich ihr und Margit gegenüber verhalten hatte. „Ich glaube Margit hat sich in ihn verliebt." schloss sie ihre Erzählung ab. Die drei Frauen setzten sich auf den Rand des Steges, Ilona in die Mitte nehmend.

Zusammen überlegten sie, wie sie Margit helfen konnten. „Vielleicht sollten wir dafür sorgen, dass Hans bei keiner mehr landen kann. Bei keiner außer Margit." sagte Karo nach einer Weile des Überlegens. „Da brauchst du aber dann jemanden anders, wenn dein Handy in vier Wochen wieder klingelt." gab Fredy zu bedenken und auf das fragende Gesicht Ilonas hin erklärte Karo, was Fredy damit meinte. „Wie wollen wir das aber sicherstellen Wir können doch nicht ständig hinter Hans her laufen." sagte Ilona und schaute die beiden anderen an.

„Warum eigentlich nicht?" fragte Karo und stand auf „Wir sind doch zu dritt! Wir teilen uns einfach auf und sorgen dafür, dass er nur noch bei Margit bleiben kann!" sagte sie und die beiden Freundinnen standen ebenfalls auf. „Das ist ja mal ein Plan. Wir kämpfen um die Freundschaft zu Margit." sagte Ilona. Sie gaben sich die Hände und schon gingen die drei Frauen zurück zum Hof. Zuerst musste sie nun herausfinden, wo Hans gerade war und absprechen, wer ihn nun für den Moment überwachen sollte. Sie zogen Streichhölzer und Ilona war die erste, die die ehrenvolle Aufgabe der Überwachung, oder besser Bewachung, erhielt.

Sie musste es aber auch noch so anstellen, dass Margit nicht wieder auf die Freundin eifersüchtig wurde und dazu gehörte erst mal, dass sie sich im Zimmer andere Sachen holte. Das T-Shirt wanderte in den Schrank und kurz darauf kam sie sich ganz schön bescheuert vor, in dem Rollkragenpullover, den sie für schlechtere Tage mitgenommen hatte. Nach kurzem Überlegen landete der Pullover jedoch wieder im Schrank und sie zog ein langärmliges Hemd an. Die Frau sah sich überall im Hof um und fand Hans dann hinter dem Stall, wo er gerade mit einem Mädchen aus dem Dorf redete, dass vermutlich noch nicht lange achtzehn war, wenn überhaupt. Wild entschlossen schob sich Ilona zwischen die beiden und fragte alles möglich zum Bauernhof, bis die Frau entnervt aufgab und sich schmollend in Richtung Dorf verzog.

Als der Mann nun, als Ersatz für die entgangene Möglichkeit, Ilona küssen wollte, trat sie einen Schritt zurück. Sie hielt immer einen Meter Abstand zu ihm und begann ihn weiter mit Fragen zu bombardieren. „Wo sind die Regenrinnen her? … Aus was für einem Material sind die

Milchkannen? … Warum haben die Kühe Flecken? …" und so weiter. Nach etwa einer halben Stunde wurde es ihm zu viel und er ging zum Hof zurück, doch Ilona verfolgte ihn mit ihren Fragen weiter.

Nach zwei weiteren Stunden wechselte sie mit Karo die Position und nun begann Karo Hans zu allen Tieren zu fragen, obwohl sie das vermutlich besser wusste wie er. Nachdem dann auch noch Fredy bis zum Einbruch der Dunkelheit das Spiel mit ihm fortgesetzt hatte und Hans vollkommen genervt in sein Bett ging, trafen sich die drei Freundinnen an der Bank im Hof zur Auswertung. „Der erste Tag ist geschafft." Begann Ilona „Bleibt nur das Problem: wie bringen wir ihn und Margit zusammen?" Wieder überlegten sie sich den zweiten Teil ihres Planes.

Wie konnten sie die von Hans verletzte Margit und den Mann zusammen bringen, ohne dass es wie Kuppelei aussah? Die drei einigten sich darauf, dass Fredy am nächsten Tag mit Margit zum See gehen sollte und die anderen beiden Hans irgendwie zum See lotsen sollten. Dann würden sie die Beiden dort einfach zurück lassen und dafür sorgen, dass sie sich aussprachen und ungestört sein würden. Das würde an einem heißen Sommertag am kühlen Waldsee sicher das größte Problem werden. Aber Karo hatte schon eine Idee.

Sie holte aus dem Schuppen ein paar Schilder, die sie dort gefunden hatte und schrieb auf die Schilder mit einem dicken Filzstift „Baden Verboten. Gülle ist in den Teich gelaufen!" das würde jeden, der was von Gülle verstand, weit vom Teich abhalten. Sie versteckten die Schilder im Gebüsch an den Zugangswegen und würden sie am nächsten Tag nur umdrehen müssen. Es schien ein perfekter Plan zu sein. Da mussten nun nur noch Hans und Margit mitspielen.

Karo und Fredy gingen auf ihr Zimmer und Ilona blieb noch eine Weile auf der Bank sitzen. Was sollte sie Margit sagen? Wie sollte sie sich ihr gegenüber verhalten? Als sie das Zimmer betrat schlief Margit schon. So verschob sich die sicher folgende Aussprache auf den nächsten Tag und das war Ilona ganz recht. Die Schuldgefühle nagten wieder an ihr. Aber auch das gute Gefühl, in Ralfs Armen zu liegen, kam in ihren Kopf zurück.

12. Kapitel

Männer und Frauen

Als Ilona am nächsten Morgen erwachte war auch Margit schon wach. Mit verheulten Augen sah sie die Freundin an und in ihrem Blick konnte man die Verachtung sehen, die sie Ilona entgegenbrachte. In diesem Zustand war es für Ilona schwer, überhaupt einen Zugang zu ihr zu finden. Jeder Versuch eines Gespräches wurde sofort von Margit unterbrochen und so ging Ilona erst mal unter die Dusche. Manchmal kamen ihr ja dort die besten Ideen. Doch als sie wieder in das Zimmer kam, war Margit schon verschwunden.

Da sie ungewaschen aus dem Zimmer gegangen war, vermutete Ilona, dass die Freundin in den Wald zum Teich gelaufen war, um sich dort zu waschen. Ohne dass sie es wusste war Margit schon mal in den ersten Teil des Planes zur Zusammenführung eingestiegen. Blieb nun nur noch Hans und um den würde sich Ilona als nächstes kümmern. Zuerst ging sie aber zu Fredy und erzählte ihr, dass die Freundin schon unwissend zum See gegangen war und dass damit die „Falle" bereit war zuzuschnappen.

Was sie nun nur noch brauchten, das war ein „Köder" den sich Hans nicht entgehen lassen konnte. Durch die Abstinenz des Vortages war das vermutlich sehr einfach, aber sie wollten dies beide nicht dem Zufall überlassen. Zuerst ging Fredy zum See und würde versuchen Margit dort so lange in ein Gespräch zu verwickeln, bis Hans dort erscheinen würde. Als die Freundin los gerannt war, suchte sich Ilona ein ärmelloses Shirt von Fredy aus, das ihr sicher drei Nummern zu klein war. Dann zog sie die langen Hosen aus und eine Bikinihose an. Das Oberteil des Bikinis ließ sie weg und zog nur das, nun straff gespannte, Shirt an.

Ihre Rundungen zeichneten sich mehr als deutlich ab und es war überdeutlich erkennbar, dass sie keine Unterwäsche darunter trug. Dieser Verlockung würde er sicher nicht wiederstehen können. Für einen Moment fühlte sich Ilona billig, aber da es für den guten Zweck war, nahm sie es einfach mal so hin. Karo betrachtete sie und hob den Daumen. Der Einzige, der den Plan noch verderben konnte, war Hans.

Zusammen mit Karo ging Ilona zum Stall hinüber. Sie wussten beide, dass Hans sicher dort sein würde. Während Karo begann mit der Mistgabel ihre gewohnte Arbeit zu verrichten, und damit natürlich Hans entlastete, stellte sich Ilona so an das Tor, dass der Mann das fehlende Bikinioberteil trotz des Shirts bemerken musste. Es dauerte keine dreißig Sekunden, dann stand die Mistgabel in der Ecke und er versuchte die Frau anzubaggern.

„Männer sind ja so durchschaubar." dachte sich Ilona und bewegte sich langsam, Hans praktisch hinter sich herziehend, in Richtung des Waldbades. Es war erschreckend, wie leicht dieser Plan zu funktionieren schien. In ein belangloses Gespräch verstrickt, bei dem der Mann nicht wirklich darauf achtete, was sie sagte, gingen sie durch den Wald. An der letzten Biegung des Waldweges, kurz bevor der See zu sehen war, blieb Ilona stehen und rief aus „Ich habe was vergessen! Gehe doch schon mal zum See." und war praktisch auch schon wieder verschwunden.

Hans schaute ihr hinterher und hätte sicher noch gerufen „Das ist nicht so schlimm, dass dein Oberteil fehlt!" doch da war sie schon weg. Er ging die letzten Meter bis zur Waldkante und sah dort die beiden Frauen im Bikini am See sitzen. Fast im selben Moment war Ilona auch schon wieder vergessen und er schritt, so locker er nur konnte, zu den beiden Frauen. Unterwegs zog er sein Oberteil aus und warf es achtlos zur Seite. Als er sich neben den Beiden in das Gras fallen ließ, stand Fredy auf und ging zum Weg zurück. Wie geplant waren die beiden nun alleine.

Schnell waren die Schilder aufgestellt und die drei Frauen trafen sich an der Waldkannte, von der aus sie die Beiden am See beobachten konnten. „Der ist so primitiv. Margit hat was viel besseres verdient." flüsterte Ilona, als sie durch das Gebüsch hindurch nach vorn sah. Aber die Freundin hatte es nun mal so gewollt.

„Männer und Frauen sind eben vollkommen verschieden." gab Karo zu bedenken und küsste Fredy. „Wie wahr!" seufzte Ilona und dachte dabei an Ralf, der aber anscheinend ganz anders als Hans war. Wenn sie es nicht genau gewusst hätte, sie hätte nicht geglaubt, dass die beiden Brüder waren. Irgendwie waren auch die Männer untereinander verschieden, aber im Vergleich zu den Frauen schnitten vermutlich alle nicht so gut ab.

Seit mehr als einer halben Stunde saßen nun schon die zwei da neben dem Anleger und bisher war noch nichts passiert. Irgendwie irritierte das

Ilona. Entweder wartete er noch auf sie und dachte, dass sie bestimmt gleich wieder kommen würde, oder er hatte keine Lust, sich mit Margit zu unterhalten. Aber dass sich die Frau so zurück hielt, das verwunderte Ilona noch viel mehr.

„Fühlen die sich beobachtet? Oder was ist da los?" fragte Ilona leise „Der lässt doch sonst nichts anbrennen!" setzte sie noch hinzu und erst jetzt sahen die anderen beiden Frauen auch nach vorn. Die ganze Zeit waren sie mit sich selbst beschäftigt gewesen. „Ja. Komisch." gab Fredy zu und auch Karo nickte. „Nach dem gestrigen, enthaltsamen, Tag hätte ich nicht mit so einer langen Wartezeit bei ihm gerechnet." sagte Karo und schüttelte den Kopf.

„Verstehe einer die Männer!" sagte Ilona und erhob sich vorsichtig. Sie drehte sich um und wollte gerade wieder zum Hof zurück laufen, als Fredy leise zu ihr sagte „Es geht los!" und wirklich legte Hans gerade seinen Arm um die Schultern von Margit. Obwohl die beiden sicher dreißig Meter weg waren, konnten sie dennoch sehen, wie Margit bis über beide Ohren rot wurde und ein kleines Stück näher an den Mann heran rutschte.

Nun würde es aber sicher auch ohne Beobachtungsposten weiter gehen. Soweit schätzten sie Hans ein und vermutlich auch Margit. Leise und vorsichtig zogen sich die drei Frauen zurück und wenig später saßen sie wieder auf der Bank im Hof. „Mission geglückt!" sagte Ilona, aber die anderen beiden waren da nicht so optimistisch. „Wir müssen trotzdem weiter auf Hans aufpassen." gab Karo zu bedenken und vermutlich hatte sie damit Recht. Sie kannte den Mann ja auch schon am längsten von ihnen dreien.

„Und wo schlafe ich nun heute Nacht?" fragte Ilona, als sie wieder an den Morgen mit Margit zurück dachte. Sicherlich war die Freundin immer noch sauer auf sie. Genau in diesem Moment kam Ralf aus dem Stall und Karo lächelte die Freundin an. „Beantwortet das deine Frage?" sagte sie mit einem Augenzwinkern.

13. Kapitel

Ein Wandel der Gefühle

Als Ilona über den Hof zu Ralf hinüber schlenderte hatte sie vollkommen vergessen, dass sie noch das viel zu enge Shirt der Freundin anhatte. Erst die Blicke des Mannes ließen sie wieder daran denken. Zum Glück ging gerade die Sonne unter und das Rot der Dämmerung überlagerte das Rot in ihrem Gesicht. Er vermied es, sie darauf anzusprechen und sie versuchte es zu ignorieren, dass sein Blick an ihrer Oberweite hing.

„Ich habe Stress mit meiner Freundin." sagte Ilona, so als ob das eine Begründung für ihre Anzugsordnung sein würde. Gemeinsam gingen sie über den Hof und versuchten die, für beide peinliche, Situation mit einem Gespräch zu überbrücken. Nach ein paar Minuten merkte Ilona, dass sie auf dem Weg zum Dorf waren und drehte wieder um. So wollte sie nicht dort gesehen werden. Beim Umdrehen stolperte sie und Ralf fing sie auf. Nun lag sie in seinen Armen und er wollte sie gar nicht mehr loslassen.

Ihre Entgegnung verschloss er mit einem Kuss, den sie gern erwiderte. Für eine ganze Weile blieben sie einfach so, bevor Ilona zu ihm sagte „Noch mal auf mein Problem zurück kommend. Ich kann heute nicht bei Margit im Zimmer schlafen." verschmitzt lächelte er sie an „Ich sehe da kein Problem." sagte er und ignorierte die auffällige Gesichtsfarbe Ilonas. Zwar hatten sie sich schon am Teich geliebt, aber nun war das etwas völlig anderes für sie. Für einen Moment dachte sie daran, dankend abzulehnen, doch dann nickte sie nur und ging mit Ralf, Hand in Hand, zum Hof zurück.

Im Hof stehend fragte er sie „Zu mir oder zu dir?" doch dabei fiel ihm sein Bruder wieder ein und bei ihr würde sicher Margit sein. Also mussten sie sich etwas anderes ausdenken, wo sie für die Nacht bleiben konnten. Direkt neben ihnen stand die Leiter, die zum Heuboden führte und noch bevor er etwas sagen konnte, war Ilona seinem Blick gefolgt und auch schon auf der ersten Sprosse. Noch viel schneller waren sie beide nach oben geklettert und hatten sich in das Heu fallen lassen. „Jetzt befreie ich dich erst mal aus dem engen Ding." sagte er und hatte schon den Saum des Shirts in der Hand.

Aber das Kleidungsstück war so eng, dass es beim Ausziehen einfach zerriss. Beide lachten und fanden sich wenig später im Kuss vereint im Heu. Ilona genoss seine zärtlichen Berührungen und er stellte sich schon etwas geschickter an, als beim letzten Mal.

Nur ein paar Meter entfernt trafen sich zum selben Zeitpunkt auch die Münder von Hans und Margit. Vor der Haustür stehend dachten sie auch nach, ob sie zu ihm oder zu ihr gehen sollten. Sie konnten ja nicht wissen, dass beide Optionen möglich waren. Schließlich gingen sie in sein Zimmer. Er wunderte sich, dass sein Bruder nicht da war, aber vorsichtshalber schloss er die Tür. So etwas hatte er noch nie wirklich bewusst gemacht, da es ihm bisher völlig egal gewesen war. Aber er wollte Margit vermutlich nicht Bloßstellen.

Irgendetwas hatte sich in ihm geändert. Er sah die Frau nun mit völlig anderen Augen an. Sie hatte ihn verzaubert, oder in ihren Bann gezogen. Wenn man so wollte, hatte sie ihn gezähmt. Oder erlöst aus einem bösen Fluch? Das würde man vielleicht im Märchen so nennen. Eine ganze Weile blieben sie im Schein einer Kerze einfach nur auf dem Bett sitzen und schauten sich lange an. Das Kerzenlicht funkelte in ihren Augen und gab der Situation etwas Magisches. Erst spät legten sie sich in das Bett, aber es blieb in dieser Nacht beim Kuscheln und Schmusen. Noch etwas, was ihm so noch nie passiert war. Bisher war jede Frau für ihn eine Eroberung gewesen und nun das hier. Zärtliche Gefühle. Noch vor ein paar Stunden wäre er davor zurück geschreckt. Da waren Gefühle für ihn ein rotes Tuch gewesen. Was hatte ihn geändert? Diese Frau? Ralf? Oder der Gedanke an den Vater? Er wusste es nicht. Und er wollte es auch gar nicht wissen. Das Gefühl war einfach viel zu schön, um es zu zerstören.

Der Hahnenschrei weckte am Morgen drei Paare von Menschen. Seltsamerweise war es Hans, der sich bisher noch nie Gedanken um jemanden, außer sich selbst, gemacht hatte, der sich um die Frau in seinen Armen sorgte. Er sah auf die noch schlafende Geliebte und hörte auf das Atmen. Der Mann strich ihr eine Locke aus dem Gesicht und weckte sie damit „Guten Morgen." sagte Margit und er lächelte sie an.

Vor seinem Fenster huschte Ilona vorbei und hielt sich das zerrissene Oberteil so vor die Brust, dass sie nicht zu sehr auffiel. Schnell war sie in

ihrem Zimmer und suchte sich etwas zum Anziehen. Sie legte es im Bad zurecht und ging unter
die Dusche. Als sie die Kabine wieder verließ saß
Margit auf dem Fensterbrett und sah die Freundin
an. Noch immer konnte sie die letzte, zärtliche,
Nacht nicht richtig fassen. Aber sie brauchte jemanden, mit dem sie darüber reden konnte. Der
Schmerz des vergangenen Tages war längst vergessen. Ilona hörte ihr zu, während sie sich mit
einem großen Duschhandtuch abtrocknete.

Nachdem sie sich angezogen hatte umarmte
sie die Freundin und Margit sagte „Es tut mir
Leid, dass ich so bockig war." Doch Ilona hatte
ihr schon lange verziehen. Gemeinsam gingen sie
in den Frühstücksraum hinunter, wo sie auf Karo
und Fredy trafen, die gerade von der anderen Seite den Raum betraten. Zusammen frühstückten
sie ausgiebig und verabredeten sich dann für später zum Baden am See und vermutlich auch zum
Quatschen.

Als die drei Freundinnen zum See gingen,
schauten die beiden Männer vom Stall aus den
Frauen hinterher. Eigentlich hatte Hans vor gehabt, diese, in seinen Augen, durchgemachte
Schwäche für sich zu behalten, doch nun zwang
ihn irgendetwas dazu, mit Ralf darüber zu reden.

Er redete und Ralf hörte einfach nur zu. Das Ganze war eine vollkommen ungewohnte Situation für den jüngeren Bruder. Ralf dachte an Ilona und ein Lächeln zog über sein Gesicht, was Hans aber irgendwie missdeutete. Für einen kurzen Moment herrschte betretenes Schweigen zwischen den beiden Männern, bis Ralf das Missverständnis aufklärte.

„Das ist schon irgendwie komisch. Heute Nacht hatten wir die Rollen gewechselt. Ich habe gekuschelt und du?" stellte Hans fest und sein Bruder lächelte verstehend. „Ja, irgendwie komisch." Sagte Ralf und schlug seinem Bruder lachend auf die Schulter. Das Muhen einer der Kühe brachte sie wieder zurück in den Stall und zu ihrer Tätigkeit, die sie durch das Gespräch unter Männern schon ein paar Minuten versäumt hatten. Nun ging ihnen die Arbeit wieder flott von der Hand, denn sie mussten die verbummelte Zeit wieder aufholen und wenn sie erst mal fertig wären, könnten sie auch zum See. Zu ihren Freundinnen. Das trieb sie noch mehr an.

14. Kapitel

Ist das Liebe?

Es war später Vormittag, als sie endlich alle zusammen auf der Wiese am See lagen. Drei Paare, nur ein paar Meter voneinander getrennt. Kein Wort wurde gewechselt. Alles sagten die Blicke, die hin und her gingen. Selbst Hans war in den Augen seiner Margit versunken. So etwas kannte er bisher noch nicht. Der eine Tag Enthaltsamkeit hatte ihm die Zeit gegeben, zu erkennen, was wirklich für ihn wichtig war. Er hatte sich mit dem kleinen Jungen verbunden, der immer noch im ihm steckte. Und der wollte geliebt werden. Und lieben dürfen. Richtig lieben, und nicht nur Sex haben!

Noch vor ein paar Tagen hätte er alles daran gesetzt die Frau so schnell wie möglich aus ihrem nassen Bikini zu bekommen und nun lag er schon ein paar Stunden in der Sonne und konnte keinen Finger rühren. So als hätten diese Augen einen Bann über ihn gelegt, so dass er sich nicht mehr bewegen konnte. Margit drehte sich auf den Bauch und hielt ihm die Sonnencreme hin. Sie löste den Verschluss ihres Bikinioberteils, damit er ihr den Rücken eincremen konnte und er begann.

Sorgfältig und besonders sanft strichen seine Finger über ihre Haut und eine Gänsehaut folgte jeder seiner streichelnden Bewegungen auf ihrem Rücken. Sie genoss mit geschlossenen Augen die Massage. Noch nie hatte sich Hans so lange um einen Menschen bemüht wie jetzt um Margit. War sie die Richtige für ihn? Hatte er sein Leben lang nach ihr gesucht?

Die weißen Wölkchen zogen am Himmel über ihnen dahin und nur manchmal warf eine davon einen Schatten auf die Menschen am See. Obwohl es ein richtig warmer Tag war, waren die Freunde auf dieser Seite des Sees die einzigen Badegäste. Gegenüber am Strandbad des Dorfes waren viel mehr Leute in ihren bunten Sachen zu sehen. Dorthin hätten sie auch gemusst, um etwas zu essen und zu trinken zu kaufen, doch Karo hatte vorgesorgt und einen großen Korb mit Speisen und eine Kühlbox mit Getränken mitgebracht.

Gegenseitig reichten sie sich das Essen, nur Hans und Margit waren so in sich selbst vertieft, dass sie davon nichts mitbekamen. Sie hatten beide nur noch Augen füreinander. Alles um sie herum war vollkommen in den Hintergrund getreten und die Freundinnen freuten sich, dass ihr Plan so perfekt geklappt hatte. Nur durften sie Margit nie davon erzählen. Die Freundin würde sonst sicher das Gefühl bekommen, verkuppelt worden zu sein. Das hätte ihre Freundschaft sicher auf eine weitere harte Probe gestellt. Immer noch strich Hans mit seinen Fingern über Margits Körper, so als ob er nicht genug von ihren Kurven bekommen könnte.

Die anderen vier sprangen in das kühle Wasser und schwammen ein Stück in den See hinaus. Hans nutzte die Gelegenheit für einen fast dahingehauchten Kuss auf Margits Hals. Sie öffnete die Augen, richtete sich ein Stück auf und küsste ihn ebenfalls. Sie drehte sich auf den Rücken, streifte das Oberteil ab und ließ sich weiter von Hans eincremen und massieren. Es gefiel ihr richtig gut und sie genoss die Zweisamkeit abseits von den anderen, die lautstark durch das Wasser tobten.

Es war eine Vertrautheit in ihr, die sie noch nie gefühlt hatte. Bei Hans konnte sie sich fallen lassen und er würde sie sicher auffangen. Für einen kurzen Augenblick dachte sie an den Stich in ihrem Herzen, als sie ihn mit Ilona aus dem Stall hatte kommen sehen, doch sofort wischte sie den Gedanken aus ihrem Kopf. Das war lange vorbei. Sie hatte ihm und der Freundin schon lange verziehen.

Wieder schloss sie die Augen und horchte in sich hinein. Aus dem Gefühl des Verliebt-Seins war Liebe geworden und sie hoffte, dass diese auch von ihm erwidert wurde. Sie öffnete die Augen und sah in sein Gesicht, das sich direkt vor ihr befand. Obwohl sie nun kein Bikinioberteil mehr trug lag sein Blick auf ihrem Gesicht. Wieder richtete sie sich auf und küsste ihn im Sitzen. Sie griff zur Tube und begann nun auch Hans einzucremen, der die Berührungen ebenfalls genoss.

Als die anderen Frauen wieder zurück zu den Decken kamen und sahen, dass Margit ihr Oberteil abgelegt hatte, legten sie nun ihrerseits auch die Oberteile ab. Hier auf der Wiese störten die nur und sie mussten ja sowieso trocken werden. Die Tube mit der Sonnencreme wechselte einmal bei allen durch und schon wenig später lagen alle in der Sonne und dösten vor sich hin. Ein jeder fragte sich, ob das, was er im Moment fühlte,

wirklich Liebe war und ein jeder kam zu dem
Schluss, dass es wohl so sein müsste.

Das warme, vertraute Gefühl im Bauch kam
jedenfalls nicht von der Sonne. Als sie wieder
wach waren, hatten sie auch weiter nur Augen
füreinander. Ilona für Ralf, Karo für Fredy und
Hans für Margit und jeweils umgekehrt. Selbst
als eine Frau an ihnen vorbei ging, die Hans noch
vor ein paar Tagen umworben hatte, blickte er
nicht von Margit auf. Vermutlich hatte er sie
nicht einmal bemerkt. Vollkommen in den Augen
seiner Margit versunken, und keinen Blick von
ihrem Gesicht lassend, hätte neben ihm eine Ka-
none abgefeuert werden können und er hätte es
nicht bemerkt.

Im Moment hing für ihn der Himmel voller
Geigen, ein Konzert, das Margit schon den ganzen Tag auf der Wiese gehört hatte. In sich hinein
horchend nahm sie die vielen Schmetterlinge
wahr, die in ihr mit den Flügeln schlugen und das
Kribbeln in ihrem Bauch war einfach nur wun-
dervoll. Als sie kurz über die anderen vier blickte
bemerkte sie an den Augen der anderen, dass
heute sicher alle Schmetterlinge des Landes auf
dieser Wiese bei der Arbeit waren.

In einen Kuss versunken genoss sie die Zweisamkeit mit Hans und ließ sich von nichts und niemanden dabei stören. Sie wunderte sich nur, dass seine Hände nicht die sonst üblichen Ziele suchten, sondern ruhig auf ihrem Bein liegen blieben. Aber das musste die Liebe sein. Ganz sicher war sie das!

Sie blieben einfach auf den Decken und da an diesem Tag auch alle Kühe auf der Weide waren, und damit im Hof nichts zu tun war, konnten auch Karo, Hans und Ralf den ganzen Tag am See genießen. Erst am Abend erhoben sich alle und gingen, Hand in Hand, den Weg zurück zum Hof. Diesmal war die Zimmerwahl etwas einfacher.

Es würde eine heiße Nacht werden. Margits Blicke sprühten schon Funken und sie würde es diesmal nicht beim Kuscheln belassen. Zu sehr hatte sein Streicheln ihr Inneres in Flammen gesetzt.

15. Kapitel

Karos Flucht nach vorn

Ilona wachte in Ralfs Armen auf. Die Sonne kitzelte ihre Nase und sie musste nießen. Nun war auch der Mann wach und küsste sie. Er stand auf und suchte seine Unterwäsche, die irgendwo an der Zimmertür lag. Mit der Wäsche unter dem Arm ging er in das Bad und Ilona räkelte sich noch einmal. Im Gegensatz zu ihm konnte sie ja, als Feriengast, schlafen solange sie wollte. Der Abend und die Nacht waren lang gewesen, doch Ralf blieb nun nur noch wenig Zeit. Die Tiere mussten versorgt werden.

Sie drehte sich zur Seite und konnte ihn durch die offene Tür in der Dusche stehen sehen. Bisher hatte sie noch nie so für einen Mann gefühlt. Sie stand auf und ging zu ihm unter die Dusche. „Die Tiere werden heute eine halbe Stunde länger auf Ralf warten müssen." dachte sie mit einem Lächeln. Gegenseitig seiften sie sich ein und genossen das warme Wasser der Dusche auf der Haut. In der engen Kabine mussten sie sich ganz eng aneinander pressen. Auch das gefiel Ilona.

Haut an Haut standen sie einfach nur da, bis sich Ralf mit einem Kuss aus der Kabine verabschiedete. „Schade." dachte Ilona, sie hatte noch so viele schöne Sachen vorgehabt, die nun eben bis zum Abend warten mussten. Sie drehte das Wasser ab und stellte sich vor den Spiegel. Zuerst trocknete sie sich ab, dann föhnte sie ihre Haare. Gerade als sie fertig angezogen war, kam Margit in das Zimmer getanzt und ging beschwingt in das Bad. „Ich muss ja nicht fragen, wie deine Nacht war." sagte Ilona mit einem Lachen und Margit strahlte sie an. „Sicher so schön wie deine." antwortet die Freundin mit einem Schmunzeln.

Nachdem sich auch Margit nach dem duschen die Haare geföhnt hatte, gingen sie zum Frühstücksraum hinunter. Sie waren die ersten Gäste und aus der Küche kam eine strahlende Karo „Guten Morgen ihr zwei." rief sie und stellte Kaffee und Brötchen auf den Tisch. Dann verschwand sie wieder in die Küche, aus der dann wenig später seltsame Geräusche kamen. Als Ilona nachschauen ging, was da los war, sah sie Fredy und Karo im Kuss vereinigt am Herd stehen.

Sie zog sich zurück und setzte sich wieder an den Tisch. „Ab jetzt ist Selbstbedienung." sagte sie mit einem Lächeln zu Margit und die nickte ihr verstehend zu. Viel später kam Fredy aus der Küche und setzte sich an den Tisch zu den beiden anderen Frauen. Herzhaft biss sie in eines der Brötchen und strahlte mit Margit um die Wette. es „Da brauche ich ja selbst hier drin eine Sonnenbrille." sagte Ilona und zog die Augengläser mit einem Lachen aus den Haaren vor ihre Augen. „Tue nicht so. Du strahlst genau so!" sagte Margit und gab der Freundin einen Stoß in die Rippen. „Was machen wir heute?" fragte Fredy und sah sich schon wieder zur Küche um.

„Also ich setze mich auf die Bank, bis Hans mit der Stallarbeit fertig ist." sagte Margit und alle stimmten ihr zu. Diesen Tag würde eine jede von ihnen mit dem jeweiligen Schatz verbringen. Eine nach der anderen wurde an der Bank abgeholt, bis nur noch Margit dort wartete. Ein Brummen ließ sie aufhorchen. Dann fuhr Hans mit einem Motorrad vor und drückte ihr einen Helm in die Hand.

Schnell ging die Fahrt durch das Land. Die Schwingungen des Motorrades versetzten Margit in ein Hochgefühl. An einem Pferdehof hielten sie an und nach ein paar Minuten kam Hans mit zwei Pferden aus dem Stall. Sie schreckte etwas zurück, denn sie war noch nie geritten, doch er machte ihr Mut. Er half Margit auf das Pferd und schwang sich danach ebenfalls in den Sattel. Gemeinsam ritten sie langsam auf die Wiese hinaus. Margit war nur noch glücklich.

Ilona war mit Ralf in dessen Auto zu einer Kirmes im Nachbardorf gefahren. Dort drehten sie auf einem Karussell ihre Runden, sie tanzten und Ralf schoss ihr an der Schießbude den Hauptgewinn. Einen weißen Plüschbären, der fast Originalgröße hatte und kaum in das Auto passte. Erst am späten Nachmittag waren sie auf dem Hof zurück. Sie verabschiedete sich für eine kurze Zeit von Ralf, weil er die Kühe von der Weide holen musste.

Die Frau ging in das Zimmer nach oben und suchte ein paar Sachen für den Abend heraus. Sie wollte ja später noch mit Ralf in das Dorf gehen. Ilona hörte Schritte auf der Treppe und drehte sich, mit einem neuen Top in der Hand zur Tür. Margit kam freudestrahlend in das Zimmer. Sie hatte ihren Tag offensichtlich sehr genossen.

„Na? Was hast du heute schönes erlebt?" fragte Ilona und Margit antwortete „Ich habe gesehen, wie Fohlen gemacht werden. Das war ganz schön aufregend." „Du meinst erregend!" antwortete Ilona und sah wie die Freundin rot wurde. Fredy betrat den Raum und gab damit Margit die Möglichkeit sich wieder soweit einzukriegen. „Karo und ich, wir haben uns verlobt." rief sie und zeigte einen schönen Ring an ihrer Hand. Sie tanzte auf die Freundinnen zu, die Fredy schließlich umarmten und beglückwünschten.

Alle drei machten sich schick, denn wenn schon mal im Dorf Tanz war, dann musste man das auch genießen können. Und das ging nur in wirklich guten Sachen und mit dem richtigen Partner an der Hand. Da waren sie ja nun alle in dieser Hinsicht schon mal versorgt. Nun wurden also Sachen anprobiert und wieder weggehängt, noch einmal aus dem Schrank geholt und dann doch wieder weggehängt, nur damit man am Ende das Kleidungsstück anhatte, das zuerst probiert worden war.

Unter lautem Erzählen der Erlebnisse des Tages dauerte das ganze fast zwei Stunden, doch für die Männer und Karo sollte sich der Abend ja auch lohnen. Als Karo dann von unten die Treppe hinauf rief, waren die drei gerade dabei, sich gegenseitig noch die Sachen zu kontrollieren und dann gingen sie hinunter. Karo stand mit einem weißen Sommerkleid und langen offenen Haaren unten an der Treppe und man hätte sie für eine Prinzessin aus dem Märchen halten können. Fredy fiel der Freundin um den Hals und küsste sie, dann gingen die vier Frauen auf den Hof hinaus, wo schon die Männer warteten.

Ralf trug einen dunklen Anzug, der in der sicher folgenden warmen Sommernacht bestimmt viel zu warm werden würde und Hans hatte sich für einen mehr luftigen Jeansanzug entschieden. Das würde sicher ein schöner Abend und alle hatten ja noch eine Verlobung zu feiern. Beschwingt zogen sie in das Dorf.

16. Kapitel

Entscheidung aus Liebe

Der Tanzabend gefiel den drei Paaren ganz gut. Sie hatten viel Spaß, bis ein paar Leute aus dem Dorf sich daran stießen, dass sich Karo und Fredy küssten. Offensichtlich hatten sie ein Auge auf die wunderschön aussehende Karo geworfen und konnten in ihrer engstirnigen Sichtweise nicht akzeptieren, dass sich diese nicht für sie, sondern für eine andere Frau interessierte. Die ersten Beleidigungen und Beschimpfungen flogen den beiden Frauen entgegen und Karo, die ja auf dem Land aufgewachsen war, hielt sich nicht mit der Antwort zurück.

Als die Männer bemerkten, dass sie mit Worten nur verlieren konnten, schalteten sie den Verstand aus und versuchten mit roher Gewalt die beiden Frauen auseinander zu bekommen. Ralf und Hans waren sofort an Karos Seite und wenig später griff auch Ilona wenig zimperlich in das Geschehen ein. Als sich auch noch Margit mit ihrem ganzen Körpergewicht in den Kampf warf, war die schönste Keilerei im Gange.

Einzig die zierliche Fredy hielt sich zurück, was aber dann dafür sorgte, dass sie das Meiste von der Schlägerei abbekam. Beim Ausweichen war sie gegen einen der Sonnenschirme gelaufen und dann zu Boden gegangen. Bei allen anderen blieb es bei blauen Flecken und Beulen, aber bei Fredy war die Verletzung an der Stirn so schlimm, dass sie im Krankenhaus genäht werden musste und dann zur Beobachtung noch eine Nacht auf die Station gelegt wurde. Karo blieb die ganze Nacht an Fredys Bett sitzen und kühlte sich das blaue Auge, dass ihr einer der Rüpel auf dem Fest geschlagen hatte.

Sie sah die ganze Zeit auf die Freundin, die ein leichtes Schmerzmittel und eine Schlaftablette erhalten hatte und in das Kissen gedrückt direkt vor ihr schlief. Karo schaute auf den Ring an ihrer und an Fredys Hand und fasste den Entschluss, sich hier im Dorf nicht mehr verstellen zu wollen. Aber auch in der Stadt würde sie nun offen zu ihrer Liebe stehen und nicht mehr so versteckt wie bisher. Diese Liebe war ihr diesen kleinen Schritt, dieses Outing, wert. Mochten die anderen doch denken, was sie wollten! Frau liebte Frau! So einfach!

Mit dem Kopf auf Fredys Bauch schlief sie schließlich ein und wurde durch eine Bewegung der Freundin wieder geweckt. Draußen ging gerade die Sonne auf und Fredy schaute in das verschlafene Gesicht der Freundin mit dem blauen Auge und den vom Schlaf zerwühlten Haaren, die Karo ins Gesicht gefallen waren. „Was für eine Nacht." stöhnte Fredy und die Freundin lächelte sie an. „Ist das bei euch immer so?" fragte Fredy weiter und Karo verschloss ihren Mund mit einem Kuss, bevor sie weiter solche Sachen fragen konnte.

Nach der Visite verließen sie Hand in Hand die Klinik und fuhren mit einem Taxi zurück zum Hof. Dort merkten sie beim Aussteigen, dass auch die anderen ganz schön eingesteckt hatten. Auch die Freundinnen hatten blaue Flecken und Hans ein blaues Auge. Ein jeder hatte für die Freundin gekämpft und gegen die Intoleranz der Leute aus dem Dorf, die das schöne Glück der beiden Frauen nicht akzeptieren konnten.

Während Karo aus dem nicht mehr ganz so schneeweißen Kleid stieg und wieder ihre Arbeitssachen anzog, setzte sich Fredy mit einem Sonnenhut in den Garten hinter dem Hof. Mit der Narbe an der Stirn, und dem großen Pflaster darauf, konnte sie nicht mit ihren Freundinnen in den See zum Baden gehen. Mit einem Buch auf den Knien saß sie dort und wurde immer wieder von Regina mit Getränken und Eis versorgt. Praktisch war sie ja nun Reginas Schwiegertochter und sie war froh, dass sich die Frau so liebevoll um sie kümmerte.

Obwohl sie das Buch offen hatte, konnte sie doch nicht darin lesen. Während sie auf die Zeilen starrte, schweiften ihre Gedanken immer wieder ab zu ihrer Freundin, die gerade, nur ein paar Meter neben ihr, im Stall arbeitete. Fredy dachte daran, dass der Urlaub schon in der nächsten Woche enden würde und sie dachte daran, wie es mit ihr und Karo weitergehen sollte. Sie wohnten in der Stadt ja nur ein paar hundert Meter voneinander getrennt, aber die Schlägerei am Vorabend hatte ihr doch Angst gemacht. Konnte sie gegen alle Wiederstände zu ihrer Liebe stehen? Sie wollte es tun! Und sie würde Karo fragen, ob sie nach dem Urlaub in eine gemeinsame Wohnung ziehen könnten. Blieb nur noch zu klären, ob in ihre oder in Karos Wohnung.

Nachdem Karo im Stall fertig geworden war und frisch geduscht mit einem Liegestuhl neben der Freundin im Garten stand, war Fredy schon soweit alles klar. Es waren nur noch ein paar kleine Dinge des Alltags zu klären, doch wo die Liebe siegt, da gibt es keine Hindernisse. Nebeneinander saßen sie, Hand in Hand, im Garten und wieder konnte keine von der anderen ein Auge lassen. Schließlich schlief Karo in der warmen Sonne ein, sie hatte ja auch in der vergangenen Nacht, aus Sorge um die Freundin, schlecht geschlafen. Diesmal bewachte Fredy den Schlaf der Freundin und konnte, so wie Karo in der Nacht, keinen Blick von der Gefährtin lassen. Das musste einfach Liebe sein!

Erst am späten Nachmittag wachte Karo wieder auf und blickte in die strahlenden Augen von Fredy. „Meinst du, wir könnten zusammenziehen?" platzte es aus Fredy heraus und Karo nickte nur glücklich. Der Ärger des Vorabends hatte auch ihr Angst gemacht, doch die Liebe war stärker als die Angst. Sie stand auf und umarmte Fredy. Von nun an würden sie ihr Leben auch offen, und für jedermann sichtbar, gemeinsam verbringen. Das Versprechen, dass sie mit dem Ringtausch eingegangen waren, wollten sie nun erfüllen.

Mit den Worten „Wir ziehen zusammen!" betraten die beiden Frauen die Küche des Hofes, in

106

der Regina gerade das Abendessen zubereitete und obwohl es der älteren Frau schon lange klar war, umarmte sie nun noch einmal Fredy.

Auch die Freundinnen, die wenig später in den Raum kamen, um das Abendessen einzunehmen, wurden sofort mit der freudigen Botschaft begrüßt. Natürlich freuten sich auch Ilona und Margit für die beiden anderen Frauen. In einem abgetrennten Raum feierten sie zu sechst bis spät in die Nacht und niemand nahm an den Küssen der beiden Frauen Anstoß. Hier war man unter Freunden und der Ärger des letzten Abends war fast verschwunden. Er blieb nur als kleine Warnung vor den intoleranten Mitmenschen in ihrem Gefühl zurück.

17. Kapitel

Stallgeflüster

Ilona hatte beschlossen, Karo bei der Arbeit im Stall etwas zu entlasten und ihr somit mehr Zeit für Fredy zu geben. So ganz uneigennützig war sie dabei aber auch nicht gewesen, denn so konnte sie Seite an Seite mit Ralf arbeiten und der Umgang mit den Tieren gefiel ihr auch. Nur an den Geruch hier im Stall musste sie sich erst noch gewöhnen. Da sie ja sowieso von kräftiger Statur war, machte es ihr nicht viel aus, zu helfen.

Nachdem sie die Tiere auf die Weide getrieben hatten, machten sie sich daran, den Mist nach draußen zu schaffen und auf den Haufen, der sich hinter dem Stall, sozusagen außerhalb der Sichtweite und Nasenreichweite der Feriengäste, befand, abzukippen. Schnell war die Arbeit geschafft. Nun musste nur noch der Rest der Gülle aus dem Stall, bevor sie das neue Stroh einstreuen konnten. Dazu schloss Ralf einen Schlauch am Wasserhahn an und begann den Stallfußboden sauber zu spritzen. Nicht ganz unbeabsichtigt ging der erste Strahl vorbei und traf Ilona.

Klatschnass versuchte sie ihm den Schlauch zu entreißen, was ihr nicht wirklich gelang.

Nach etwa zehn Minuten waren beide vollkommen durchnässt und lachten wie die Kinder. Regina und Hans standen am Tor und schauten den beiden kopfschüttelnd zu, bis Regina den Hahn zudrehte und Hans den Schlauch nahm. Er schickte die beiden nach draußen und begann die angefangene Arbeit zu Ende zu bringen. Während Regina das Stroh in den Stall brachte, sprangen Ilona und Ralf gerade in den Teich. Dort ging das wilde Wasserspiel weiter. Beide schwammen um einander herum und versuchten sich gegenseitig unterzutauchen. Dass sie beide keine Badesachen anhatten, das machte ihnen dabei nicht viel aus.

Wenig später ruhten sie gemeinsam nebeneinander im weichen Gras und ließen sich von der Sonne trocknen. Aneinander gekuschelt lagen sie sich in den Armen, als Ralf eine Frage stellte „Könntest du dir vorstellen, hier mit mir zu leben? Mit mir zu arbeiten?"

Für einen Moment dachte Ilona an ihr altes Leben, dass in der Stadt auf sie warten würde und sah auf die Wolken über sich. Dies hier war um so vieles besser, nur die Freundinnen würde sie sicher vermissen. Vermutlich sah er ihr Zögern und gab ihr einen Kuss, um einen weiteren Pluspunkt auf die Liste dessen zu setzen, was gerade in Ilonas Kopf als positiv und negativ verarbeitet wurde.

Vielleicht war es genau dieser Kuss, der ihr in dieser Situation gefehlt hatte und nun sagte sie einfach „Ja." Mit ihrer Bestätigung begann er sie zärtlich zu verwöhnen. Bisher hatte er sie ja nicht bedrängen wollen, doch nun konnte er sich bei ihr fallen lassen und sie sich auch bei ihm. Gemeinsam genossen sie die zärtlichen Stunden am See und liefen dann später zum Stall zurück, wo aber schon alles durch die beiden verbliebenen Arbeiter erledigt war. „Können wir den überhaupt hier bleiben?" fragte Ilona vorsichtig, denn schließlich mussten sie dazu ja Regina fragen, der dieser Hof gehörte. Doch vermutlich würde diese sich über die Verstärkung auf den Hof freuen. Karo würde ja schon bald wieder in die Stadt gehen und dann blieb vermutlich immer etwas Arbeit liegen.

Auf der Wiese hinter dem Hof lagen zum selben Zeitpunkt Hans und Margit in einem Haufen Stroh, der da von der Ernte noch liegen geblieben war. Beide sahen in den Himmel und dachten ebenfalls nach, wie es bei ihnen beiden weiter gehen sollte. Sollte Margit in das Dorf, oder Hans in die Stadt ziehen? Was sollte ein jeder von ihnen da machen? Margit hatte in der Stadt ihren guten Job in der Verwaltung, aber was sollte sie hier machen? Hans hatte seine Arbeit in dem Stall und sicher konnte er auch in Margits Betrieb eine Anstellung finden, da war sich die Frau sicher.

Noch vor ein paar Tagen hatte er einfach so in den Tag gelebt und genommen, was sich ihm so bot. Und das durchaus im wörtlichen Sinne. Nun machte er sich Gedanken um seine Zukunft und um die Frau, die neben ihm lag. Sie hatte geschafft, was noch keiner vor ihr gelungen war, Margit hatte sein Herz berührt. Für sie hatte er sich geändert. Nun war er nicht mehr hinter jedem Rock her, sondern nur noch hinter ihrem, den sie gerade im Moment glatt strich.

Was für eine unnütze Arbeit, denn nur wenige Minuten später hatte er ihr den Rock ausgezogen. Sie schmiegte sich an ihn und wenn sie eine Katze gewesen wäre, hätte sie nun sicher zu schnurren begonnen. Mit geschlossenen Augen genoss sie die warmen Hände des Mannes auf ihrem nackten Körper. Auch er fühlte sich bei Margit richtig wohl. Er konnte sich nicht mehr vorstellen, wie es ohne sie gewesen war. Der raue Bursche aus dem Land ließ ein Gefühl in sich zu. Diese Vertrautheit zwischen ihnen beiden gefiel ihm genauso wie ihr.

Nach ein paar Stunden der Zärtlichkeit und des gemeinsamen Kuschelns im Stroh gingen sie zum Hof zurück, der nicht weit entfernt lag. Hans hatte einen Entschluss gefasst und den galt es nun in die Tat umzusetzen.

Genau in dem Moment, als Hans bei Regina an die Tür klopfte und um seine Entlassung bat, betraten Ralf und Ilona denselben Raum, um darum zu bitten, dass Ilona auf dem Hof arbeiten konnte. Es war wie eine Art von Tausch für die alte Frau und sie sagte gern zu. Durch den Weggang von Hans und den Zugang von Ilona waren die Arbeitskräfte wieder ausgeglichen und so würde Ralf auch sicher viel lieber bei ihr arbeiten und nicht irgendwann ebenfalls auf den Gedanken kommen, wie sein Bruder, das Glück in der Fremde zu finden.

An diesem Abend standen die beiden Brüder am Grab ihrer Mutter und legten zwei Rosen vor dem Grabstein ab. Am nächsten Morgen würden sie mit ihren Freundinnen wieder hierher kommen, aber dieser Abend galt dem stillen Dank der beiden Söhne an die Frau, die das Verhalten des Vater so lange toleriert hatte und daher bestimm zu früh in dieses Grab musste.

Still bedanke sich Hans für die Frau, die er nun gefunden hatte und die ihm geholfen hatte, ein besserer Mensch zu werden.

18. Kapitel

Auf in das Paradies

Viel zu schnell waren die Tage bis zum Ende des Urlaubs dahin geflogen. Regina hatte große Teile der Arbeit im Stall übernommen und so dafür gesorgt, dass sich sowohl Hans und Margit, als auch Ilona und Ralf näher kommen konnten. In wenigen Stunden, schon am nächsten Morgen, würden die Feriengäste abreisen und auch Karo würde mit ihrer Freundin zur Stadt zurückkehren.

Wie immer war für den letzten Abend ein großes Fest auf dem Hof angekündigt, aber diesmal würde es etwas ganz besonderes werden. Ein großer Wechsel würde einsetzen und symbolisch würde Hans dabei seine Arbeit an Ilona übergeben.

An diesem Nachmittag packten alle mit an, brachten Tische und Stühle in den Garten. Halfen bei der Dekoration und machten sich nützlich, wo immer es nötig war. Ralf hatte den großen Grill aufgebaut und zusammmen mit Ilona in Betrieb genommen. Am Anfang zogen dicke Rauchschwaden über den Hof, dann verzog sich der Rauch schnell. Ilona sah zu ihrem Freund hinüber und musste schlucken.

Nicht nur der Rauch trieb der Frau die Tränen in die Augen, auch der kommende Abschied von den Freundinnen war es. Doch gleichzeitig freute sie sich auf die Zeit mit Ralf. Sie gab ihm einen Kuss und ging in die Küche, um noch einige Dinge zum Grillen zu holen. Dort traf sie auf Karo, deren Arbeit sie ja auch ab dem nächsten Tag übernehmen würde. Die beiden Frauen nickten sich nur zu und gingen sich gegenseitig zur Hand.

Mit dem Einbruch der Dämmerung saßen dann alle unter den aufgehängten Lampions im Garten. Musik war zu hören und alle langten kräftig zu, nachdem Ilona die ersten Teller mit Würstchen und Steaks von Ralf am Grill abgeholt und auf den Tisch gestellt hatte. In all die Feierlaune hinein stand Regina auf und erhob ihr Glas. Sie sprach einen Toast auf die drei Paare aus, die sich hier im Urlaub gefunden hatten und alle stießen miteinander an.

Die Frau winkte Hans und Ilona zu sich und feierlich übereichte Hans Ilona einen bunt geschmückten Spaten als Symbol dafür, dass sie nun seine Arbeit machen würde. Im Gegenzug gab Ilona ihm einen Briefumschlag Sie sagte „Das ist meine Kündigung. Gib sie einfach zusammen mit deiner Bewerbung in der Firma ab." Dann umarmten sich die beiden Freunde und setzten sich wieder hin.

Es wurde ein langer und fröhlicher Abend, der nur ab und zu von dem kommenden Abschiedsschmerz der drei Freundinnen unterbrochen wurde. Nur um kurz darauf wieder zum Glück über die gefundene Liebe zurück zu kehren.

Am nächsten Morgen wechselte Ilona in das Zimmer von Ralf, in dem Hans gerade seinen Koffer packte. Sie wechselten nicht nur die Arbeit, sondern auch die Betten, denn Ilona drückte ihm ihren Wohnungsschlüssel in die Hand. Zusammen mit Margit würde er ihre Sachen verpacken und ihr hierher auf den Bauernhof schicken.

Wenig später standen alle auf dem Hof und das Taxi fuhr vor. Ilona umarmte ihre Freundinnen noch einmal, bevor diese, zusammen mit Hans, der sich gerade von seinem Bruder verab-

schiedet hatte, in das Fahrzeug stiegen. Sie winkte den Freundinnen zu und diese winkten zurück.
Sie sah Ralf hinter sich stehen und drehte sich zu
ihm um. Er gab ihr einen Kuss. Beide stellten
sich an den Stall und schauten auf den Hof hinaus.

Ilona lehnte sich an die Tür des Stalles und
sah dem davon fahrenden Auto mit den Freundinnen nach. Dann drehte sie ihren Kopf zu Ralf
und sagte „Das hier ist mein Paradies. Du bist
mein Adam und ich deine Eva. Das hier ist das
Tor dazu." Dabei zeigte sie auf die Stalltür. „Nur
dass wir keine Schlange hier haben, nur Kühe.
Und dass uns darum auch niemand aus unserem
Paradies vertreiben wird." antwortete Ralf und
lachte. Dann gab er ihr einen langen Kuss. Wie
zur Bestätigung muhte eine der Kühe und die
beiden lachten.

ENDE

Von Uwe Goeritz im Verlag BoD (Books on Demand, Norderstedt) ebenfalls erschienene Bücher:

„Cecilia im Bann der Liebe"
ISBN lautet: 978-3-7392-4583-6
Altersempfehlung: ab 16 Jahre

„Was ist Liebe und warum kann sie uns in ihren Bann ziehen? Kann Mann oder Frau das mit dem Kopf entscheiden? Oder ist da eine rationale Entscheidung völlig unnütz? Cecilia, die Heldin dieser Geschichte, beginnt ihrem Kopf zu folgen, wo sie ihrem Herz hätte folgen sollen.

Gibt es für sie die Chance, diese Entscheidung zu revidieren? Oder bleibt sie allein und unglücklich zurück?"

112 Seiten für 6,49 Euro

„Für Immer an deiner Seite"
Die ISBN lautet: 978-3-7412-8407-6
Altersempfehlung: ab 16 Jahre

„Eine junge Frau schaut sich um und blickt zurück auf ihr Leben. „Wann ist die Liebe eigentlich erloschen?" fragt sich Maria, die Heldin dieser Geschichte. Im täglichen Kleinklein des Lebens hat sie sich viel zu weit von ihrem Mann entfernt. Oder er sich von ihr? Gibt es noch eine Chance?

Ist noch etwas Glut unter der Asche ihrer Liebe und kann der Wind der Veränderung die Flamme ihrer Liebe neu entflammen? Oder verweht der letzte Funken für immer und es beginnt ein neues Leben? Mit einem anderen?"

112 Seiten für 6,49 Euro

„Die Liebe ist (k)ein Ponyhof"
Die ISBN lautet: 978-3-7412-7920-1
Altersempfehlung: ab 16 Jahre

„Manchmal geht es in der Liebe zu wie in einem Ponyhof. Zwei Treffen sich und trennen sich wieder, oder sie bleiben zusammen für immer und bilden eine kleine Familie. Ramona, die Heldin dieser Geschichte, liebt ihr Pflegepferd Rodrigo über alles.

Außer ihm hat sie keine Freunde, weder auf Arbeit noch privat klappt es bei ihr.

Durch Rodrigo ist sie mit der Welt verbunden und durch den Hengst findet sie ihr Glück. Im Ponyhof und auch in der Welt."

116 Seiten für 6,49 Euro

„Griechische Küsse"
Die ISBN lautet: 978-3-7448-7274-4
Altersempfehlung: ab 16 Jahre

„War ihr ganzes bisheriges Leben eine einzige Lüge? Diese Frage stellt sich Jette, die Heldin dieser Geschichte. Nach dem Tod ihrer Mutter findet sie Hinweise darauf, dass die Geschichten, die ihr die Mutter über ihren Vater erzählt hatte, so nicht ganz stimmten.

Sie macht sich auf die Suche nach ihm und beginnt eine Reise, auf den Spuren der Mutter, in eine Zeit, in der ihr Leben einst begann. Auf Kreta stolpert sie Grigori in die Arme und es scheint so, als ob die Geschichte ihres Lebens vollkommen neu geschrieben wird. Oder doch nicht? Macht sie die Fehler ihrer Mutter ebenfalls? Wiederholt sich die Geschichte?"

116 Seiten für 6,49 Euro

„Liebe hinter Klostermauern"
Die ISBN lautet: 978-3-7448-8973-5
Altersempfehlung: ab 16 Jahre

„Ein Leben wie im Kloster? Wollte sie das wirklich? Das fragt sich Karla, die Heldin dieser Geschichte, als sie auf Drängen ihrer Eltern in eine Hauswirtschaftsschule gehen muss, die sich in einem Kloster befindet. Doch dort lernt sie Rebecca kennen und verliebt sich in die gleichaltrige Frau.

Kann das gut gehen oder verstößt sie damit zu sehr gegen die Konventionen des Klosters und der Welt? Bleibt sie alleine zurück oder findet sie doch noch ihr Glück?"

120 Seiten für 6,49 Euro

„Ein Pflaster für die Seele"
Die ISBN lautet: 978-3-7460-7947-9
Altersempfehlung: ab 16 Jahre

„Bloß keinen Arztroman." denkt sich Luisa, die Heldin dieser Geschichte, und ist doch schon mitten drin. Oder etwa nicht? Doktor Peters scheint genau ihr Fall zu sein. Wäre sie doch nicht so schüchtern und könnte auf ihn zu gehen. So bleibt ihr nur, in seinem Vorzimmer zu sitzen und auf den Blick seiner Augen zu warten. Gibt es da für sie die Hoffnung auf ein Happy End? Oder eher nicht?"

112 Seiten für 6,49 Euro

Aktuelle Informationen und Neuerscheinungen finden sie immer im Internet unter:

www.Goeritz-Netz.de